滿花

林文心——著

好評推薦

對女性來說，從初經伊始，「合宜地生養」，就一直是個困擾（或自擾）；彷彿要到停經的那天，世界才會對我們罷手。

人生很難，生人也很難。

時代往低婚育率邁進，代理孕母正要修法，而世界會否稍稍寬容鬆動？林文心的《滿花》，以冷調、精確、俐落的文字，對生育及身體提出奇情的幻想、現實的模擬，勾連出五篇精巧好看的作品。

——吳妮民（醫師／作家）

林文心對女性身體的不厭其煩，對我來說簡直就是「愛」的同義複詞。這個意志，從《遊樂場所》到《滿花》都未有轉移。中國作家盛可以於《子宮》一書說道：子宮像重軛卡在女性的脖子上。《滿花》裡，重軛形化成更輕盈、更自然而然的厄運，充盈於空氣之間（以至於無從抵禦）——瓜熟了，就沒有蒂的事了。又有誰錯呢。

——吳曉樂（作家）

植物萌芽、生長與凋萎，有人知曉它的一生就這樣安靜行進。它不知道養花人因為感覺到愛，而幸運的（苟且的）不再搖搖欲墜。

林文心的小說把身體攤開來，向內拗折，擠出一件長得有點像誰的事物（是孩子嗎？還是自身的鬼魂）；向外離心旋轉，使世界顛倒、使它暈眩，在新生的肉上面留下齒痕，與後來的自己相認。

——李蘋芬（詩人）

（依姓名筆劃排序）

推薦序

沒結果的花

蔣亞妮（作家）

多年來，我經常在閱讀中與許多一流的小說相逢，長久積累，成為了厚厚一沓書單，卻在每次與人分享的時刻，才忽然警醒地發現，那幾經心秤反覆查驗才說出口的每一本故事與作者，常常滿是女性的名字。至今，每一次公開談到「女性」一詞，依然會緊張到冒汗，當我試圖從各種課堂理論、人生經驗中理解性別，並對伴隨著性別的各種危險，自捏大腿提醒小心時，都代表著我無法忽視自己也是一個女性。

因此我無法不關注女性，不管她們是女孩、少女、女人或者其他的集合體，也不管她們說著什麼樣的故事，展現了什麼形態的身體，我都無法移開目光，就像讀林文心的小說，無法不切膚感受。從林文心的第一本小說《遊樂場所》離開，轉身走進《滿花》，過往暴力卻透著別樣抒情的筆，被她寫乾了墨水，一寫到底，發現原來身體才是真正的場所，青春期的堡壘已然熟成。林文心在《滿花》裡，以女性為絕對座標，勇敢地揭開她為女生、寫女身、發女聲——如此純粹與強大的企圖。

血胎一體，她把身體切得更開，張得更大，說到底女性的身體最終都會被拿來問出那道終極提問：「妳要生小孩嗎？」如同多年前 Iris Marion Young 在她的名作《像女孩那樣丟球》中所提出的種種思考，幾乎所有的小女孩都被在童年被交付了玩娃娃這樣的「任務」，而不是在球場玩球，女性的身體有其天職，天職顯然並不設定在球場（也不在許多地方）。因此，當女性開始跨越界線，多半會在為男孩制定的遊戲規則下，遭受不公平的待遇，這讓女性的身體滿是各種無法想像的記號，被劃滿了黃線、紅線與雙黃線，《滿花》就是林文心決意從違停變作超速與無照駕駛的犯規。

如今我們已有花樣繁複的哲學論述與各類故事，聚焦向身體，更多時候，身體的意涵仍是寬廣於身體之外的，身體流出的血汙、身體與它的使用者、身體姿勢再到身體穿戴的美好事物……一如上個世紀朱天文作《世紀末的華麗》那般：「不事情節，專寫衣裳」（王德威語），女性慢慢地書寫著一件衣服又一件衣服，以及種種讓我們褪下衣服的人事後，終於從衣服寫回肉身，真正的身體，得由血肉構成。在《滿花》的5＋1則故事裡頭，滿是女性的身體，身體裡頭還有身體，子宮裡頭收納著成熟與飽滿的卵子，有些等待誕生、有些已通過產道降生為人，有些則錯過了適孕年齡。然而與生育有關的不一定總是誕生，也可能如同小說裡頭，導向了各種求子、無子、失子……不同情狀、不同疑問。

林文心以活生生的身體（lived body）直球對決，生與不生，都是《滿花》的提問，並且就是問問，無人有責任作答。我想起電影《芭比》，開篇如創世紀般的短片裡頭，一群小女孩玩著扮家家酒的遊戲，初時她們手上只能拿著奶瓶、廚具以及仿真嬰兒，直到擁有完美身材與衣飾的「芭比」降生，小女孩們丟開家與兒，擁抱了自己真正喜歡的身體。《滿花》做得比這更好也更多，像是進一步質疑著，為什麼我們還是得玩洋娃娃？

這五篇小說中的每個女性，也全都選擇先跳過「妳要生小孩嗎？」這道題目，試圖問出更核心、更有邏輯的問題，像是：為什麼要生？為什麼是我來生？為什麼母親非得愛著自己的小孩？於是〈長生萬物〉裡的母親，那個身為「旭哥的妻子」、「咪咪的母親」、沒有名姓的「她」，坦白告訴了我們：「如果身為一位好母親的必要條件是樂於成為母親，她想自己並不符合資格。」並且在「咪咪」從嬰兒成長為孩童、再成少女後，「她仍然沒有愛上咪咪，世上仍然沒人知道這個秘密。」小說中的每一個女性成為母親後，或開始思考變成母親的模樣後，就沒有任何一次誕生是純然的喜悅。《滿花》的開篇〈扎根向下〉，召喚出了一個總被忽視卻永恆存在的母親原型，透過嬰兒視角描寫出了她的樣貌：「母親是一個不快樂的人。她的哀傷就像這一天之中被鎖定的每一件事，無法改變。」不快樂也並不專屬於母親，就連〈沃土〉中，那對不斷輪流灌溉、偷偷觀察，甚至較量著彼此身體誰更合適生育，誰又更合適做瑜珈的女性伴侶間，依然沒有誰的身體比較甘願，比較快樂。因為女性的身體裡面不只有身體，還有秘密，以及比秘密更神秘的賀爾蒙、催產素，包含了科學與神秘學，自成了一組天圓地方，內建宇宙，重瓣之花（flore pleno）。

相對於女性，男性寫者們更熱衷談論生死二元、存在幻滅的宏觀哲學論述，長時以來，他們像是紀錄片般，在大片疆土中尋找景深，男性心智也更常被視為代表理性思考的主體。林文心的《滿花》也很貼切地在此刻，為現代女性說出真心話：「我本無意宏觀。」如後記所言，這本書的初始，像是一時情動：「若說前五篇是站在分歧之處上思考生育，那我私心想將附錄一篇視為一切的前身，那既是關於時間與生長、關於選擇與被選擇、關於自我指認，當然也關於女性如我，究竟是如何走到種種問題之前。」感受永遠比思考先抵達，不知何故，卻經常落得比思考更滯後。

《滿花》帶我們回到一切之前，看看那些屬於她、屬於我，也屬於妳的感受，當我讀到林文心悄然在後記藏進更多問題時，縱然知道問題不必回答，還是想要低聲偷偷回應，（我會讓自己的孩子吃鹹酥雞當晚餐）。請允許我借用《滿花》暗藏的文法句型，「為什麼不行？」它是問句，也是肯定句。

換個句式，再來一次，《滿花》裡的女性與所有女性，不結果，也是花，有些否定，成就了肯定。

目次

扎根向下

與母親一起的午後夢眠，是這一天中，我最喜歡的部分。

兩點三十七分。這個時刻裡，母親將睡去的我放進搖床，她會輕聲嘆息，垂頭望向寧靜幼弱的我，接著她沿著大床邊緣坐下，大床緊貼嬰兒搖床——她先是倚著搖床欄杆，凝視鋪中幼嬰，再慢慢、慢慢地，坐臥床上、彷彿連自己都沒察覺到睡意抵達那樣地倒下、深刻地睡去。

母親睡去以後，一整座街區頓時便沉默了下來。不遠處那間私立國小，鐘響和孩童喧鬧似乎都在這一刻暫時消失，學校裡的孩子也正一齊午睡嗎？我問過禹仁，他說不清楚。究竟為什麼此刻的世界會失去所有聲息呢？我不曉得，我始終沒能生長到知曉答案的年紀，今天是我僅有的一天。

*

在我僅有的一天中，母親與我，我們的午睡會持續一個多小時，我會比母親更早醒來，醒來時，嬰兒樣態的我張開雙眼、發出牙牙碎語，接著舒展扭擺四肢，大概是還不懂得如何翻身的原因，我的動作看上去並不有力。我看見自己的眼睛張望房間，那一個我看得見這一個我嗎？還是不曉得。就算看得見，搖床中那個嬰兒樣態的我，也是不懂得說話的。

搖床中的我看望著房中世界，口中喃喃發出聲響，兩手和身上的毯子糾纏一陣，突然便開始哭泣。

你哭什麼呢？我問過搖床裡的自己，但他只是哭，他的哭聲把一旁的母親給喚醒了。

母親驚慌醒來，將我抱起，輕拍我的背，哄我。但是哭聲沒有停止，於是她將我放下，打開尿布、翻動一陣，又將尿布貼回，而我仍然持續地哭泣，母親隨後便掏出了她的乳房，嘗試哺乳。我先是嗆了幾口，後來勉勉強強地張嘴吸吮，吸著吸著，也就不哭了。

當身處母親懷中的那個我放棄哭泣開始進食之際，我也同樣問過自己：你真的是因為飢餓而哭泣嗎？或者只是，母親的乳汁使你分心了？

但母親懷中的那個我忙於吞嚥，沒有答案。

不同於那一個我，這一個我無法碰觸世界。我只是看得見，我總是在看。我看過母親哺乳之時，幾口我來不及接下的奶水，從我撅起的嘴邊滑過，沾上母親的睡衣。我看著那塊水漬在布料上暈開，形狀像是一朵散著的花。

看著看著，我終是對這樣一個世界累積出心得。我知道在這一天之中，有許多事情怎樣也無法改變。像是母親睡衣上的奶水花，或者禹仁對母親說過的話。

那句話無法改變，每次、每次，在早晨的七點十五分裡，漫不經心地路過我家門前的禹仁，總是分毫不差地對著我的母親說，他看到我了。

他說的是這一個我。

在我所度過的每個七點十五分的早晨，禹仁永遠以差不多的姿態從街口轉角緩步出現，他矮小的身軀扛著卡通圖案雙肩包，走路的樣子像在搖晃，帶著一種不太專注的神情，經過我家公寓門口。而我的母親，會在他差不多要走到門口以前，碰巧推開公寓的老鐵門。

那是要去買早餐的母親，以及準備上學的禹仁，他們在每個早晨裡，於老公寓門口相遇。每當母親和禹仁對上視線，禹仁會同時看見她身旁的、這一個我。禹仁會主動開口，向母親說話。他會伸出短短胖胖的手指、指向母親身邊，對她說：「我看到你的小孩的鬼，在你的旁邊。」

很奇怪的是，面對禹仁的話，母親的反應卻不總是相同的。

相對於那些不改變的事，我暗自把這些會變化的事情稱作「分岔點」。在這個分岔點上，比較常見的版本是：母親大驚失色，轉身退回公寓、用力甩上老鐵門。鐵門撞擊的哐啷聲在早晨七點的老街區之中，顯得相當龐大。

更仔細一點來說，母親會先瞪著禹仁，沉默數秒，接著才突兀地轉過身，以極快的速度奔向四樓、衝回家中。當她又哭泣又喧鬧地踏入臥房，會看見搖床上的那一個我依舊安穩地沉睡著，身旁是迷迷糊糊坐起身來的父親，通常父親會問母親：「怎麼了？不是說去買早餐嗎？」

我的父親，他或許是個挺好的人吧？我的意思是，在這樣的一天之中，我經常見到他困惑又溫順地面對著他的妻子、我的母親，當然我也曾經見過他發怒的模樣，但那種樣貌的父親比較不常出現。

或者我其實也並不是真的確定。關於父親，在我所擁有的這一天裡，他總是準時地在早晨八點半離開家中，留下母親與我。我看見他的時間，與看見母親的時間相比，確實是非常稀少。

但母親也並不總是轉身就跑。在分岔點出現的其他版本裡，她也曾經對著禹仁放聲怒罵。這個版本的母親比起發怒的父親更常出現，她罵出來的句子也總大同小異，她經常說的是：哪裡來的賤小孩。還會不會好好說話了。爸媽是怎麼教的。到底有沒有家教。智障。弱智。低能兒。莫名其妙。為什麼還不去死。

那樣的母親齜牙咧嘴，氣勢驚人。然而面對著我失去控制的母親，禹仁卻能夠做到聞所未聞——他總是不再回應，轉過身，繼續搖搖晃晃地向他的學校走去，留下我與我的母親，在公寓門前。這時的母親通常看上去錯愕、怨毒，同時氣喘吁吁。

禹仁是唯一看得到我的人。他說出口的句子是無法改變的事。

*

某次母親狂奔回房時，我嘗試留在公寓門口，向禹仁說話。

我問他：「你為什麼要這樣說？」

他回答：「因為我看到了呀。」

我不真的預期他能夠聽見我，但他確實是聽見了。於是在那次以後，如果情況允許的話，我偶爾會在公寓門口和禹仁聊聊天。

我問過他：「你看到的我，是什麼樣子的？」

他說：「一團的樣子。」

那次對話裡，禹仁將雙手手指彎曲著張開，比劃成一顆球，擺在自己的胸口。我並不是太明白他的意思，但是我想，總之我不是人形的。

「所有鬼，看起來都是一團的樣子嗎？」

禹仁搖搖頭，說不知道。

我大概能明白，禹仁並不能算是太機靈的孩子，他不機靈，但卻總是鎮定。像是他能夠不動聲色地面對我狂怒的母親，或者，明明每次我開口向禹仁說話，對那一天的他來說，都是第一次；但就算如此，他卻從來不曾露出驚慌的神色，彷彿在上學的途中，有個一團的樣子的鬼很突然地對他提出問題，也平凡得像是他的一切日常那樣。

至於哭泣版本的母親，那樣的母親在聽見了禹仁的發言過後，她會回到房中、走向嬰兒的我的身旁，將那一個我從搖床中抱起。她會揉著我的肚子讓我離開眠夢，沉睡的嬰孩受到驚擾於是開始哭泣，而一旁的父親會困惑地詢問：

「你把小孩吵醒幹嘛？」

母親會擦去眼淚，說：「他該吃飯了。」

父親會一邊說著：「是嗎？那你處理一下。」一邊抓著脖子走進浴室。

當父親走入浴室，母親會在她的懷中搖晃著我，搖晃著我說：「你沒事，你沒事。」

父親不曾詢問母親為何哭泣，他是沒看到，還是不想多問？關於這個問題我始終找不出答案。但總之，梳洗過後的父親會走出公寓，買回母親原來預計要買的早餐——他們將坐到餐桌前，她吃九層塔蛋餅、他吃燒餅油條，兩個人說說笑笑，分享同一份鹹豆漿。

飯後出門之前，父親會對母親說：「我幫你預約了隔壁洪阿姨，你等等帶小孩一起過去，這樣今天就不用自己洗頭了。」

母親會說：「我不想出門。」

這裡也是一個分岔點。

「我不想出門。」

看著在餐桌上低下頭的母親，有時父親會說：「那就算了，不勉強你。」也有時，父親會勸著：「去吧，就當作出門走走。你就是太常待在家裡才會想東想西。」

還有一些極少數時候，父親會開始發怒，那個版本的父親，他會說的是：「夠了沒有，你可不可以不要這麼難相處？」然後逕自離開。

但是無論出現的是哪個版本的父親，這一天的母親終究是會帶著我出門洗頭。洪阿姨的理髮店距離公寓不到五步距離，洗頭一次一百二、附贈肩頸按摩。理髮店的玻璃門上裝飾有褪色的彩色貼條，外邊騎樓上掛滿了剛洗好的螢光粉色毛巾。

透明的玻璃門方便窺視，於是母親從來不曾發現，在七點十五分的早晨裡，洪阿姨已在一樓做著開店的準備。她的鐵捲門在那時拉起了半截。露出來的半截玻璃門，都足以讓母親和禹仁的互動——無論是怒罵的那種，或者是甩門的那種——被洪阿姨彎著腰窺伺，她會看見、聽見母親或者甩門而去，或者怒罵不休。

也是因為這樣，這一天的九點五分，當母親帶著我踏入理髮店，洪阿姨會開始想盡辦法地打探。她問禹仁怎麼了，同時也推敲著母親怎麼了。她的話語有過許多繁複的版本，在這個不斷迴環的日子當中，竟然能夠鮮少重複，以至於連我也無法全部記得。最近幾次的說法大概像是：那個孩子本來就不太正常，聽說梁媽媽也一直在擔心，已經帶去大醫院給人家看好幾次了都沒有辦法，我看就該帶去廟裡給人家收一收，聽說在學校上的是資源班，張太太你別和他太計較。

*

就算我只活過這麼一天，我想自己也能確定，這大概是再平庸不過的一個日子了。

父親上班後，母親洗頭，再回家收拾環境，草草用過午餐，午餐後與我一齊午睡。中間幾次我放聲哭泣，一次是因為尿濕尿布，一次是因為餓，還有一次母親找不出任何原因。

吃飽奶後，母親將我掛在肩上，來回拍嗝。但她拍得太大力了，於是我在她肩上嘔吐，吐了許多，讓她哀嚎慘叫著將我放下，換過一件乾淨衣服。她清理掉落地面的嘔吐物，再順手將一籃子的髒衣服放進洗衣機裡。陽光從窗邊照進公寓，沒有什麼大事在裡頭發生。

還有一次，我是因為電話鈴聲響起而哭泣的，但總是致力於解決我的哭泣的母親，卻沒有接起電話的打算。她在鈴聲之中拍撫著哭泣的我，與我一同流淚。她說：「是不是好吵？好吵喔，太吵了，媽媽知道，真的太吵了。」

這是母親的一個習慣。這一天之中，她經常對著我說話，但那些話，卻又因為太像自語呢喃，而顯得不像對話、不像是向著嬰兒的我所說的話。

或許確實如此，畢竟那一個我還沒能夠發展出語言。

因為只有這一天，於是我嘗試了許多不同的方式來打發時間。其中一種，就是閉上眼睛（如果「一團的樣子」的我有眼睛的話），當我什麼都看不見以後，便能夠專心地聽著母親的聲音。

那些呢喃，經過我一次又一次的練習以後，終於變得足夠清晰。

我聽見她說：「太吵了。」

「不哭了好嗎，不要哭了。我也要哭了。」

「為什麼呢？寶寶，為什麼呢？」

這她最常對我傾訴的句子。「為什麼呢？」張開眼後我總是很想問她：什麼為什麼呢？究竟，你是對我、還是什麼東西感到困惑呢？

*

我不喜歡隔壁洪阿姨。

原因可能有許多，像是她老是以某種故作體貼歡快的口吻尖銳地對待我的母親。當她的手指搓過母親的頭皮，口中掉落的都是一些很無關緊要的街坊瑣事，非常驚人的部分是，隨著每個新的一天到來，洪阿姨口中的那些故事竟然可以不太重複。有那麼一陣子，洪阿姨的故事甚至是我每天的盼頭——這可能是這一天中，我唯一無法預測的內容了。

直到後來我才真的明白了，洪阿姨和母親，她們口中的那些八卦，是世上最隨機的虛構故事：誰家女兒上了哪個野男人的車、誰家男人和家中幫傭走得太近、誰家小孩偷走了文具店門口的玩具。那是洪阿姨帶領的遊戲，母親聽著洪阿姨聊起這些故事，瞪大她的眼睛，不曉得母親知不知道，洪阿姨對她的關心只是打探。可我幾乎非常確定，無論母親對洪阿姨說了什麼，都會成為她和下一位客人的談資。她會像隨機抽獎一樣，對著那位我沒見過的客人說出一個由我母親和禹仁共同出演的故事。

但事實是，洪阿姨看不起禹仁，也同樣地看不起我的母親。

母親就先算了，但禹仁是這個形態的我唯一能夠對話的人，在沒得挑選的情況下，我擅自將他當作朋友。我不喜歡洪阿姨看不起我的朋友。

我問過禹仁：「你知道洗髮店的那個洪阿姨嗎？」禹仁說不知道。

我告訴禹仁：「不知道也好，她覺得你是白痴。」

禹仁說：「很多人都叫我白痴。」

那一次禹仁向我說起了他在小學當中遇見的事。他說最常喊他白痴的，是坐他隔壁的女孩，叫咪咪。提到咪咪，禹仁溫溫地笑了起來，他對我說：「咪咪很兇喔，可是咪咪會帶餅乾來給我吃。」

咪咪成績好，大家都喜歡咪咪，禹仁這樣說。她給我餅乾的時候，我也很喜歡她。

「咪咪什麼時候會給你餅乾？」

「考卷發下來的時候。」

禹仁說，咪咪喜歡看他的考卷，看到禹仁的分數之後，咪咪總會很高興地從書包裡拿出餅乾。

「你的分數一定很差，有什麼好看的？」

「咪咪跟我說，如果她考試沒有考好，那她的媽媽就會不喜歡她。可是她每一次都考得比我還好。」禹仁答非所問，還接著問我：「鬼不用考試的話，你的媽媽會喜歡你嗎？」

我的媽媽會喜歡我嗎？

我想著這個問題，無法回答。於是我對他說，等我想好，下次我再告訴他。禹仁又傻氣地笑了。

那天的禹仁不知道，我們之間沒有下次，我和他的每次相遇都是重新開始。既然現在的我只擁有今天這天，未來的他便再也無法知曉我的回答。

在往後我和禹仁的無數次對話裡，他不曾再次問我這個問題，但我始終沒有忘記。

我的母親喜歡我嗎？

母親在呢喃之際，有些時候，她口中的話含著叮著，便哼成了歌。偶爾她只低吟旋律，偶爾則會搭配歌詞。她在唱些什麼？就算是有歌詞的時候，無論我如何用力傾聽，始終也無法聽清涵義。

那一個時刻裡，洗衣機在陽台上不停運轉、街頭有車開過，如果不是我足夠仔細的話，我想這世界上，不會有任何一個人知道，我的母親正在唱歌。

那道歌聲低微、弱小而且斷錯，似乎隨時能在下一個音節變回說話的語調，但母親她竊竊幽幽地、在只有我和她的公寓之中，持續吟唱了好一陣子。

我還記得當我第一次聽見她的歌聲，竟然能夠感覺到一股強烈卻無以名狀的悲傷。這並不是常見的事。畢竟我早已經度過了無數個、這樣平庸的、相同的日子。我的意思是，在這一天裡，還有什麼事能夠驚動到我呢？

但隨著母親的歌聲，我似乎開始漂浮，浮出了窄小的公寓和灰濁的街區。有些我一生都不該見過的景象，悄悄地展現——我看見溪流細細竄動，水面上頭映有淺淺微光；我看見廣大的水岸，並且知曉那即是海洋；我看見雨珠的輪廓，再隨著它一齊落下。

並不是每次母親都會哼歌，於是有一段時期，我總是很期待地想：也許這次的她又會對我哼哼唱唱、也許這次的我又能見到那些從未見過的景象。

為什麼母親的哼唱這樣細小，我卻有著如此強壯的感受呢？後來我便偷偷地決定了，我對她的歌有所感覺，肯定是因為，在我確實活過的那一天、在那個最初的第一天裡，母親也是這樣地對我哼起了歌吧。

總是該有的吧？這一切的第一天。

我的意思是，從我有記憶以來，我就一直是這一個我、一直是旁觀著一切的、禹仁口中「一團的樣子」的我。可是事情難道不該有個起頭嗎？否則我要怎麼解釋，有些事情我就是知道？

有些事情我就是知道。像我就是知道這個女人是我的母親、那個男人是我的父親，而那一個無法言語、不斷哭泣的幼嬰，那是曾經的我。

曾經我也是那樣被她擁抱，我就是知道。

再後來，被這一個我所反覆觀看的每個日子，都不過是第一天的複製。

反正，如果在這一天之中，母親唱起了歌，那麼我便能夠在母親極淺淡的歌聲中，緩緩地睡去。看著我睡去的母親，隨後會跟著我一齊陷入睡眠裡頭，然後迎來這一天裡我最喜歡的那個無聲時刻。發生在二點三十七分。

因為母親的歌聲、因為她的歌聲所帶來的一切畫面，於是我不太確定地想，我的母親，她或許、該要是喜歡我的吧？

禹仁，你覺得呢？

可如果母親是喜歡我的，為什麼此刻只剩下我，獨自待在這裡呢？

*

我一直是只有自己。不得不說，是在開始和禹仁說話以後，我才真正認識了寂寞。我想有人一直對我說話、我想有人陪我記得這一天的每種可能。

但無論我想或不想，我就是只有自己。母親去了哪裡？我不知道。後來我也不在這個問題上太過琢磨，總之我就是在這裡了，被卡在這一天中，反覆、反覆地觀看，反覆地等待「那個時刻」到來，結束掉這一版本的這一天。

而那個時刻的發生會在午睡結束不久，母親結束哺乳之後。

當母親泌出乳汁哺餵我時，我能看見她乳房上的肌膚泛起一粒粒雞皮疙瘩，或許是因為這一天的天氣很冷。母親懷中的那一個我正一口一口地吞嚥乳汁，而她偶爾蹙起眉頭輕聲吸氣，並喃喃地說：「好痛。為什麼會痛這麼久？」哺乳痛嗎？會有多痛？我不知道。作為一隻鬼，我並不擁有觸覺。

等嬰兒的我終於吃飽，母親動作小心地收起了她疼痛的乳房。家中電話又響，她看向電話的方向。此時應該要拍嗝了才對，可母親只是看向電話。在她懷抱中的那一個我，或許是因為吃飽的緣故，這次並沒有被鈴聲打擾，甚至，我的眼神晶亮、閃爍光芒，我抬頭看往母親，伸手抓向她垂落的頭髮，表情幾乎是在微笑。

母親因為被我扯動而低頭，她看著我，終於用比較清楚的音量說出了一句話。

她說：「我們一起去一個地方。」

這句話也是一件無法改變的事，那個時刻由母親的這一句話啟動，無法改變、準時抵達。

母親要和我一起去的地方，是天台。

她緩緩爬上老公寓的樓梯。我們住在四樓，她走過五樓、六樓、七樓，再往上，就是頂層天台。

跨過頂層鐵門的那一刻，天空突然變得遼闊許多。周圍地面四散著淺灰色磚片，角落邊不知為何殘留積水，風聲非常清晰。這一天是個晴朗的日子。

「好冷。」母親說：「最近好冷。」

她懷中的那一個我仍然抬頭望她，偶爾發出不成意義的細碎聲響。而母親低頭，此時她對我說出的話，不一定每次都一樣。

她會說：「嗯，我知道，媽媽在這裡。」
「對不起，媽媽在這裡，對不起。」
「我也不知道為什麼會變成這樣，對不起。」
「寶寶、寶寶。」
母親低聲對著那一個我說話，同時慢慢走向天台邊緣。她的步伐不快，卻也不曾遲疑。這一個我跟隨在她的身邊，看見公寓下方是不大寬闊的街巷，以及柏油路上的白色畫記。母親沒有在邊緣停頓太久，她只沉默了數秒，便伸出雙手，很輕巧地、把懷中的那一個我給拋了下去。
每當那一個我與她的雙手分離，母親總會發出一聲尖叫，聲音不大，像是摩擦著喉嚨與鼻腔的嘆息，很輕巧地就被天台上的風聲所掩蓋了，沒有誰來得及發現。
隨著大風和哀鳴，母親攀過邊緣圍籬，把她自己也扔了出去。
那個時刻於是來臨。

那一個我墜落、母親墜落。

我和她一齊被她砸向老公寓的門口。方才還那樣寧靜的街區，發出了太過巨大的聲響。

在一樓開著理髮店的洪阿姨，親眼，在玻璃門的後方，看見了一切。洪阿姨衝出店門，發出嚎叫，相比母親墜落前的聲響，洪阿姨的叫法如此喧譁，聽上去竟然相當像是認真的悲傷。

在洪阿姨的尖叫聲中，這一天迎來它的尾聲。這一個我，正在觀看著這一切的這一個我，會逐漸被廣袤沉穩的黑暗所包圍。

黑暗從不遲到，那是下午的四點七分。

我可以留在天台上，往下俯瞰著地面上被砸碎的我與母親；也可以留在公寓窗邊，看著她和我一閃而過；或者，我也曾經等在一樓門口，仰望我們分成兩次向下落。只要我想，我可以隨時抵達這三個地方。但無論我選擇在哪裡觀看我與母親的死亡，黑暗總是分秒不差、準點降臨。

我是一隻、一團的鬼，沒有身體、不需要睡眠。但每當這個時刻又一次地到來，黑暗就是我的臥鋪。我能感受到世界的顏色被層層覆蓋，而我總是安心地想：這個日子、這樣的一天，又結束了。

*

有記憶以來，我就是以此刻這樣的形態，不斷地度過相同的一天。生命通常沒有什麼變化，直到我認識了寂寞的感受以後，才真正開始思考：為什麼母親不在這裡？

畢竟她和我在同一天、以同一種方法死去，理論上，我在這裡，她應該也要如此才對。

但她不在。所以是哪一個環節出錯了呢？

以這樣的形態存在於世界，會偷得一個關於時間的好處——我可以很揮霍地追究同一個問題，緩慢地思考、無盡地等待著答案現身。

我仔細地、一遍接著一遍地，觀看我的母親。從黑暗褪去的清晨開始，到她再次跳下公寓之間，肯定有個什麼地方出錯了，才會剩我獨自一人。也許我能找到那個出錯的時刻，也許我能解決這個錯，然後便能再一次地，像嬰兒形態的那個我一樣地，和母親待在一起。

母親，這一個我已經知道如何說話了，也許你的困惑、你的哀傷，我有能力回答。

好，所以，讓一切再重新開始一次。就從黑暗褪去的清晨開始。

當黑暗從周圍褪去，首先浮現的場景，是母親睜大的眼。五點三十六分，窗外照進灰白色天光，帶有一點透明的質地，把房中物件都鍍上一層薄薄的亮粉。父親睡在窗邊，搖床擺在另外一側，那一個我正深深地睡在搖床之中，只有母親是非常清醒的樣子。她睜大雙眼，看往搖床方向，但她並不是看我——她的眼神向著搖床之後，某個更遠的地方。

其實也沒什麼更遠的地方，搖床再往後只有衣櫃，以及通往浴室的走廊。母親側身臥躺，目光越過搖床、越過衣櫃，撒在浴室門前的某一個地方。我光是憑著這個畫面，就能確信，母親確實是非常哀傷。

而在某些版本之中，此時的母親會流下眼淚，以一種安靜的哭法，讓眼淚無聲地落下。我能看見淚珠爬過她的鼻樑，滑落枕上，淺色的寢具布料讓暈開的淚痕很不明顯，而才不過一兩分鐘的時間，那道水漬便被蒸散、再無痕跡。

清晨的母親看著我，有時哭泣有時並不，她看著看著，會重新閉上雙眼。這時的她睡著了嗎？有點難說，因為過不多久我從搖床中醒來，只是發出輕微聲響，她就再一次地張開雙眼。

如果那一個我在清晨醒來時沒有哭泣，那麼，有些時候，母親會起身將我抱去客廳，輕輕地上下搖晃、逗玩我的臉頰。

「寶寶餓了嗎？嗯？餓不餓呀？」母親會這樣問我。

「還要再睡一下嗎？再睡一下好不好呀？」

「寶寶、寶寶，早安，我的寶寶。」

我的口中發出細碎聲響，因為母親而淺淺地笑了，而她正低頭看我，與我一齊微笑。如果不是幾分鐘以前，母親才獨自在被窩之中瞪大雙眼溢出眼淚，我和她在客廳裡的這個畫面，幾乎就要讓我相信，我和她，是非常相愛的。

我想起禹仁的問題，他說：「你的媽媽，她喜歡你嗎？」

有過一次，我仗勢著禹仁什麼都不記得，把同樣的問題還給了他。我對他說：「你的媽媽，她喜歡你嗎？」

禹仁站在公寓門前，搖頭晃腦地變換著左右腳的重心，仍舊是答非所問地說著：「我很喜歡我的媽媽喔。」

「你為什麼喜歡你的媽媽？」

「本來就會喜歡啊。」

「那你喜歡你媽媽的什麼？」

「我喜歡跟媽媽抱抱。」答到這裡的時候，禹仁張開了手，重複了一次：「我喜歡抱抱。」

然後，他問了我一個不太對勁的問題：「你要跟我抱抱嗎？」

「……我們怎麼抱？」

他往前跨了一步，收攏張開的手臂，交叉環繞在自己兩邊的肩膀上，左右來回地晃動身體。他說：「這樣就抱抱了。」

我不知道在禹仁的眼中，他是否正在擁抱著什麼。但是在我看來，他不過是環抱著自己，而我沒有任何感覺。

不過，在那次之後，我開始更仔細地觀察母親的擁抱。我研究她關節曲折的角度、手臂交疊的位置。母親是個膚色白皙的人，隨著她伸展動作，我能夠看見在她皮膚裡層，有著血管隱約的脈絡。我也研究她是如何將幼嬰的我捧在懷中，同時以手掌輕輕拍撫。那是一個擁抱。我想，如果我有觸覺，也許我也會和禹仁一樣，喜歡母親的擁抱。

如果我有觸覺，我會喜歡母親嗎？

喜歡一個人，理論上，應該要有至少一個原因——像我喜歡禹仁，因為他是我唯一能夠說話的對象；或者喜歡的反面，是不喜歡，而我不喜歡洪阿姨，因為她是個虛假的人。

但母親呢？母親無法和這一個我說話——她甚至也無法和那一個我說話；然而她也並不虛假。在我所看見的，無數個這一天當中，母親她總是清楚、直接地表達了她的感受，根據我的觀察，在大多數的時間裡，她經常感覺哀傷。

我想她的哀傷是她殺死我們的原因。

因為我總是仔細地看著，於是我可以說是非常肯定。在這一天當中的每個環節：即使她對著禹仁憤怒咆哮、微笑著和父親共用早餐，或者雀躍回應洪阿姨杜撰的八卦，我都能夠看得出來，母親是一個不快樂的人。她的哀傷就像這一天之中被鎖定的每一件事，無法改變。

因為她無法改變她的哀傷，便也無法改變我們的死亡。

關於這件事，我有著不少心得，那是我上一個鑽研過的問題。儘管我不太樂意承認，但是根據我所觀察的結果，母親哀傷的原因，大概是因為我。

我看著那一個我，頻繁地飢餓、製造髒亂、需要被照顧，並且總是毫無理由地哭泣。看到這些的時候，我又會忍不住地想，或許母親其實不喜歡我。畢竟，誰會喜歡呢？

母親，讓你哀傷，我很抱歉。

如果可以讓你喜歡我，而我也喜歡你，那就好了。

＊

這樣的一天，說來說去，終究是很乏味的。

清晨時分，母親與我醒來，她餵奶、換過尿布以後，我重新睡去。過後不久，母親更衣梳洗、出門買飯。沒買成功，因為她遇見了禹仁。隨後父親買回早飯，母親再為我換過一次尿布，和父親一齊用過早飯。

出門洗頭以前，母親再次餵奶。

出門洗頭、回家、整理家務。

吃午飯、再次換尿布、再次餵奶、清理我的嘔吐、清理自己。

整理家務、哄睡我、哄睡自己。

結束午睡，出門、走上天台、丟下我、丟下自己。

*

到底我還漏看了哪裡？即使擁有著不斷循環的時間，我當然還是會有著挫敗而缺乏耐心的時刻，在那些時刻裡，我尤其渴望和禹仁說話。

「你考試考差的時候，都怎麼辦？」

「把考卷拿給咪咪，她會給我餅乾。」

禹仁大概真的毫不在乎，有時他和我說了太久的話，遠方校園傳來鐘聲，我們聽見了，但他也不慌忙。他很鎮定地告訴我：「打鐘的時候沒有進到教室的話，就是遲到了。」

他說：「我遲到了。」

他偶爾因為我而遲到，卻似乎從不在意。我想那是因為禹仁不在乎學校，但我也很樂意把這件事情想成，那是因為禹仁喜歡和我待在一起。

有次我對他說：「有一件事，我想了好久，我不知道哪裡錯了。」

他回答我：「做錯了題目就要認真地檢討，打好基礎才能向下扎根。」

「你在說什麼？」

「老師說過的話。」

禹仁突然大聲喊起口號。他說：「扎根向下、用力生長。」

他突然就演示起了這句口號，字正腔圓地咬字，並且站開雙腿，左右腳輪流重重踩地，踩穩以後雙手高舉，在空氣中畫一個圓，圓結束時，手掌交疊平展在大腿之前，接著他很突然地蹲下馬步，順著重力把手往地下壓。

手落下時，禹仁喊著：「扎根向下。」

順著手臂落下的力道，他的身體輕微地躍上，這當然是用力生長的意思。

「就是這樣。」他說：「題目寫錯的時候，老師叫我多做體操。」

「我沒有身體，做不了體操。」

禹仁想了想，點點頭。他說：「鬼做不了體操，鬼很可憐。」

關於禹仁偶然跳起的體操。終於終於，使我發現自己遺漏的一個環節。向下的環節。

我反覆地觀看著這一天，看著母親動作中的每個細節，看著公寓裡的每道風景。

除了最後來臨以前。

最後是黑暗、是「那個時刻」，但在一切沉睡之前，是母親跳下去的那段時間。

通常，我不太喜歡在那個時刻待在公寓門口。因為，我的意思是，不管這件事已經重複了幾次，兩個人身肉體因為重力被砸開的畫面，總是有點噁心。所以在母親也躍下以後，我經常就回到公寓，在搖床邊等待黑暗，假裝自己是能夠擁有睡眠的人。

但是，也許，禹仁的老師說得沒錯，向下時分也很重要。

也許我就是在那個時刻中，遺落了些什麼。

*

於是今天來臨。今天是個特別的一天。

從凌晨五點三十六分開始，我便已經有了預感：是在今天，我會獲得我的答案。

我的預感是準確的，我能感受到世界正在回應。因為今天之中的每一個分岔點，出現的都是我最喜歡的版本。

今天清晨。沒有母親的淚珠落在枕間。她等待著我的甦醒，她將我抱起，她與我在客廳，一齊露出微笑。

早晨七點十五分，今天的母親並沒有對禹仁咆哮。在她狂奔上樓的時刻裡，我叫住禹仁，我對他說：「我的朋友，我很謝謝你。」

禹仁回答我：「友朋之間要友愛、要恩慈。愛弟兄，要彼此親熱。」

「是你的老師跟你說的嗎？」

「是彩虹媽媽。」

我經常不太知道禹仁口中說的是些什麼東西，但也沒有關係，我想，在我與他相遇的每一個日子當中，我們確實都是友愛恩慈、彼此親熱。

今天的父親也不對母親發怒，出門前他說的是：「我會早點回來。」抱歉了父親，沒辦法的，你不會回來了。

可是父親溫順的臉，讓餐桌上的母親露出笑容。我的母親在微笑的時候，左邊臉頰上，有一顆酒窩。根據我的判斷，她笑起來的樣子，就算哀傷，那也是美的。

就連今天的洪阿姨與她的故事，似乎都讓母親雀躍了一點。今天的洪阿姨，她提到隔壁巷口的何老太太，她說她一手養大的孫女，離家上了大學以後，不知怎麼的，都不回家。

「哎呀可是，那家何先生不是過世很久了嗎？女兒跑了、孫女不回來，一個老人家自己住怎麼可以，誰來照顧她？」

「哎呦你不知道何媽媽脾氣有多差，誰想照顧她？她嘴巴硬、愛炫耀，每次都說她孫女在台北讀最好的大學，大學裡事情很多，不能常回來。但是我看，八成是在台北談戀愛了，才不想回家。」

「是嗎？你怎麼知道？」

「誒，誰家女孩子不是這樣，長大了心都不在娘家身上啊。你看你跟你老公，當初談戀愛的時候，也甜甜蜜蜜的吧？老公還會幫你跟我約時間，那麼體貼。」

母親聽著洪阿姨提起父親，再一次地露出了微笑。

洗過頭髮，母親帶我回家。今天午後，母親對我哼起了歌。她的歌詞仍舊無法辨析意義，卻仍舊為我打開世界——今天的我看見平靜的水面蕩起波紋，它們一圈渡過一圈，淺淺地散開、環繞著彼此。

然後是午睡，然後是上樓。要來了，要來了，我想。

今天的母親在踏入天台的時候，呢喃著說：「寶寶，今天好冷。你會不會好冷？」

不會的，母親。我沒有觸覺，我不覺得冷。

母親拋下那一個我，接著就要拋下自己了。我們僅僅間隔數秒、我們一齊迎風向下。

我已經說過了，只要我想，我能待在公寓周遭的任何地方；只要我想，我就會在那個地方。

今天的我，我想和母親一起墜落。

我正在和母親一齊向下墜，四周景物變得模糊，所有顏色融混成塊。我看著她，她的嘴唇輕輕地動了。母親又再一次地呢喃著一些什麼。為了聽清母親的話，我不再看了，我仔細地聽。

我聽見母親說：「等我，寶寶，等我。」

我張開雙眼，重新觀看著這一天結束的時刻，那個時刻就要抵達。

原來這就是答案了，我想。

沒關係的，母親，沒關係的。我擁有著無盡的時間，無論你喜歡或不喜歡我，我就在我們落下的地方等你。

沃土

事情發生的前一刻，蕾還安安穩穩地坐在副駕的位置上。這幾年寶玲已經把車練得很穩了，她們當時正閒聊一些無關緊要的話題，像是大醫院的醫生可能比較喜歡哪種病患家屬之類，然後蕾便看見對向的車突然地來到面前。

來到面前的意思是：來到她的正前方。一切只夠她來得及想：「咦？怎麼回事？」那車就撞上來了。

鋪天蓋地的疼痛是理所當然的。但在第一刻、撞擊力道展開作用的那個第一刻，其實是什麼感覺都沒有的——明明對方已經撞上、車身也開始翻覆，但確實有那麼零點零幾秒的時間，蕾的身體毫無反應。事後她猜測，原因或許是這樣：因為全身都劇烈地疼痛起來了，那種規模的疼痛太過全面，竟然成功地騙過了身體，讓身體有了極微小的一瞬，感覺，像是什麼也沒有發生。蕾甚至記得，當她們的車往一個不太對勁的方向飛旋然後傾倒時，她心中想的卻是：這樣的轉速很好。

轉速當然重要。在空中旋轉運動裡，無論是空中環還是舞綢，動作與動作間必須流暢銜接，才能在轉動的器具上維持一定的速度；換句話說，整串動作做完後速度若是明顯慢下，那意思是：轉換不夠流暢，肯定有什麼地方卡住了。蕾曾為自己錄下無數支影片，錄完以後慢速播放，一個動作、一個動作地，檢查自己是因為什麼才失去速度。

既然談及速度，當然便與基礎物理有關。卡蜜說過，關於空中旋轉運動，多數原理都是物理學的實踐。例如中軸：人要呈一直線掛在空中——肋骨內收、尾骨前捲、雙腳打直，只要把整個人都壓在吊點下方的中心軸線上，和地面完全垂直，便能夠感受到自己進入力矩的中心，轉速開始狂飆。

來到初級班，裡頭充滿了對中軸還不夠熟練的學生，一加速就緊張。「那就把腳打開。」蕾告訴他們：「把腳打開就沒事了。」腳打開的意思是將原先併攏的雙腳大字形伸展，雙腿於是成為阻力：人不再是一直線，速度當然也就慢了下來。

蕾在環上對學生們示範：「就像這樣。」她說，同時把腳打開、圓環的速度放緩，「慢下來了對嗎？」接著她再把兩腳併攏，速度重新回到身上，她能感覺頭髮飄揚飛舞。

「打開、併攏；打開、併攏。」學生們看著她在環上忽快忽慢，「有沒有？」她向他們保證：「不用緊張，可以靠腳來控制速度。」他們像看到新穎的馬戲團把戲一樣驚呼地笑了。

至於此刻，蕾和寶玲和這一輛車，那也是一些再基礎不過的物理學：飛出去、撞上去、碎爛；拋物線、加速度、動量與其他。

*

「你不要太執著於轉速了，」卡蜜警告過蕾：「速度不是一切，把動作做穩才是硬功夫。一心求快有時候會讓你忘記要保持安全。」

道理蕾當然明白。但是動作要更穩、要更扎實，靠的只能是時間：一次次的練習、修正，以及再次練習，動作的穩定與精準都是時間累積出來的成果，當下的肉眼什麼也看不見；可是速度，那就是屬於當下的事了——若是現在的我想要速度，那只要在待轉時多轉幾圈，在支點腳離地的那一刻，就能感受到成果。

寶玲對蕾說過：「你這個人就是太急了，喜歡速成。」

蕾反擊：「速成有什麼不好？」

寶玲皺了皺眉，對著蕾搖搖頭：「我只是勸，你不要像小孩子講話一樣。」

蕾不是不懂寶玲的意思，速成不好，速成的東西不牢靠；但反過來說，寶玲就確實沒有弄懂蕾，蕾的意思是，有些時候，不牢靠的東西也就足夠了。

像是蕾錄下的那些影片。

在影片中，因為人正不停地旋轉著，有時轉到了背對鏡頭的方向，那麼單單憑藉錄影畫面，誰也看不出轉到另一面的蕾，是否足夠從容，把動作做得足夠扎實穩固。雖然從背面轉回正面只需要不到一秒的時間，可是誰知道，也許評審們在看過了幾百支影片後，會因為審美疲勞讓她偷到那一秒的僥倖。

那種時候，一秒也就足夠了。

更何況，寶玲說得輕鬆，蕾想著：如果有著像她一樣的身體素質，天生柔軟的筋骨和強壯的肌力，我也可以多出很多餘裕去加強基本功。

寶玲的徵選影片是蕾幫忙錄的，對方要求三分鐘的串連，非常長。而寶玲設計的動作複雜而且層次疏密錯落，錄的當下蕾就已經明白：這支影片不管投給什麼單位或任何規模的徵選，肯定都能換到一個位置。

整整三分鐘。寶玲在環上旋轉——起轉雖然只是基礎側轉，但隨後便是單腿側掛pike。她只靠一隻大腿的根部作為支點，就可以把整個人對折到完全貼合的程度。隨後是後彎分腿、機關槍分腿、出環後再來一隻逆向小天鵝。在下方動作都結束了以後，寶玲才俐落地翻進環中，兩隻手彷彿還沒來得及施力，腳已經踩進環的上緣，先是腳板勾環放手倒掛，隨後兩手抓回、雙腿繼續上滑，直直踩到吊帶上方，肩胛一出力，上端的環便聽話地滑進寶玲的膝窩，此時下端的環被她推遠，頭下腳上的，與圓環呈現出一個漂亮華美的等腰三角形，速度始終沒有掉，旋轉不停。

卡蜜讚嘆過，寶玲她最大的優勢不是肌力或者柔軟度，而是體力。

卡蜜說：「這樣的體力沒有去當專業表演者太可惜了。」

寶玲回答她：「在教室裡當老師我就很滿足了啦。」

她說是這樣說，還不是認認真真、一心一意地準備這次徵選，蕾心想。

儘管從小學舞，但寶玲與蕾都不是專業表演者，年輕時的卡蜜才是。從舞台上退休後的卡蜜決定專心經營空中瑜伽教室，於是從指導過的學生中，精心篩選出最優秀的一批人培訓，扶植成為教室的師資團隊。

而寶玲，她是卡蜜溫室裡最喜歡的一盆植栽，任誰都看得出來。

明明，卡蜜的學生各個都能獨當一面——因為她總是仔細且嚴密地挑選學生，入門後的培訓刻苦扎實。但就算如此，寶玲的能力依舊超越了團隊裡的所有人，任何看過她在空中延展身體的人都了然於心——練習當然是萬事萬物的根本，但無論說這句話的人有多誠懇，都將明白：與生俱來的資質騙不了人。所以誰也無法責怪卡蜜偏心，寶玲的身體優秀聰明，騙不了人。

「這真是老天爺賞飯吃。」卡蜜的說法是這樣。要安排特殊課程，或是外面有任何雙人公演的機會，寶玲總是卡蜜的首選。甚至，這一年來，卡蜜說著自己老了，不再熱衷於在上課以外的場合露臉，有什麼機會就推薦寶玲出去，蕾意外聽過卡蜜對著電話另一頭擔保：「這位老師是我一手帶出來的，我保證專業，而且，比我還年輕多了。」

至於寶玲，在搭檔不限於卡蜜以後，她挑中了蕾。

這樣的寶玲、這樣的卡蜜，怎麼會挑中自己呢？蕾每次看著她們在空中旋轉，心中總是這樣想。或許從過去到現在，她總仰賴著那些不牢靠的東西，像是僥倖。

*

車禍讓蕾的右腳板粉碎性骨折，下腹部有嚴重撕裂，不過安全氣囊有效地撐住了她的上半身，所以其他部位的傷勢勉強不算嚴重。至於寶玲的傷著重在左側——車翻倒的那一側，她的左肩與左臂情況慘烈，脛骨平台骨折再加上韌帶等軟組織嚴重受損，復原期預估會花掉比蕾更長的時間。兩人還有多處擦傷以及腦震盪的症狀。

但至少，她們都保住了命。沒有什麼比活下來更重要了，來探病的卡蜜這樣說。

確實，除了保險全額理賠，而且因為對方酒駕，她們將會拿到高額賠償金，至少在休養的幾個月間不需要擔心生活。事發後，卡蜜請來看護，在第一時間來到醫院，告訴她們：好好休息，不需要擔心教室的事，代課老師都找好了，學生們也都很能體諒，康復之後再回歸就好。

「康復之後」，卡蜜說，眼神深邃，讀不出什麼意涵。

從入院到出院，蕾與寶玲誰都沒有提起，「康復之後」究竟還要花上多久的時間，才能將原本的肌肉量練回來；或者在拆掉石膏以後，全身筋骨的柔軟度究竟還會剩下多少。鋼釘會造成身體僵硬嗎？寶玲詢問醫生。鋼釘本來就要固定住你的身體，醫生回答。

她們不再提起未來，只是專心地陪著彼此復健。受傷地方的手和腳都要每天做伸拉才可以避免粘連喔，護士對她們說。多麼像是她們在叮嚀學生：筋要每天都拉才可以慢慢學會劈腿喔。總之，她們每天相互提醒：伸展的次數夠多了嗎？冰敷了嗎？還要再多敷一下嗎？

好不容易挨到出院，兩人帶著一身石膏鋼釘，大包小包地回到公寓。

進門以後，寶玲對蕾說：「這樣也好，前陣子我們那麼忙，也很久沒有兩人都沒事，一起好好相處的時間了。」

蕾點點頭，對寶玲扯了幾下嘴角。或許是表情太苦澀，又或是焦慮太過明顯，寶玲放下提袋，一拐一拐地走向蕾，用沒受傷的那一隻手，做出一個擁抱。

「不要擔心，我們都會好起來的。」寶玲說：「醫生說什麼，幸好我們兩個都是瑜伽老師。瑜伽老師的身體素質都很好，會很快就復原的，你記得嗎？」蕾對著寶玲點點頭。寶玲親了親蕾的嘴角，竊笑著說：「那個醫生真的好喜歡講幹話喔。」

她一邊叨念，一邊拐著步伐把蕾牽向沙發，兩人調整坐姿，窩到了一起。蕾聞到寶玲身上帶有肥皂的乾淨氣味，覺得很不合理——明明這幾天她們都只能擦澡，寶玲的身體怎麼還會是香的？

「只是，」透著香氣的寶玲幽幽地開口，把頭靠在蕾的肩上，她說：「你的身體這樣，我們的計畫只能往後延了。」

啊，計畫。

寶玲和蕾，她們有個計畫，關於一個孩子。

她們決定，要生一個孩子。

說是計畫，但整件事基本上是寶玲一手主導——在交往沒多久以後，寶玲就和蕾開誠布公：「我想要一個小孩。」事後，蕾想，那個句子說得更準確一點，應該是：寶玲想，而且肯定要，一個小孩。

當時的蕾已經認識寶玲夠久了，久到知道自己不需要問為什麼。因為當寶玲要做一件事的時候，要就是要，事件就是意義本身。就像當她加入卡蜜的團隊時，決定成為教室中最厲害的老師，那她就會是最厲害的老師。

於是蕾也不真的反對，她只是向寶玲確認：「被兩個女同志養大的小孩，你就不怕他之後在學校被人家霸凌嗎？」

寶玲回答：「那我們就告訴小孩：霸凌是錯的，他的媽媽們很相愛，愛不分性別。這樣說就好了，教會他正確觀念就好了。」

如果可以簡單，誰還想要複雜。蕾在心底默默地想：如果真的可以這麼簡單，世界早就沒有戰爭。但她依舊順從寶玲，陪著她去了知名的生殖中心，做懷孕體質評估以及凍卵準備，寶玲興匆匆地表示，她早就都查好資料做好功課了，只要在台灣取卵凍卵以後，買好精子，然後飛去美國，把受精成功的那顆卵放進肚子裡，這樣就好了。錢她早有在存，房子也夠大，蕾什麼都不用怕，只要陪她一起養育小孩，這樣就好了。

*

空中運動的招式有著各式各樣的名稱，很大一部分與動物有關，例如美人魚是側身躺在環中；gazelle是分腿後用膝蓋卡住環的兩側，上半身朝下倒掛，像是瞪羚的角卡進了岩石縫隙；小天鵝則是把大腿根部抵環當作支點，膝蓋後彎腳尖碰頭，讓身體折成天鵝的形狀。

有些學生樂此不疲地背誦招式名稱，下課以後仍追著蕾，逐一詢問剛才動作的名稱。對名稱執著，有人是因為學會新的招式而滿懷欣喜，也有人是因為身體無法做到，而決心記下動作以便未來再次挑戰。無論如何，隨著教過的學生越來越多，蕾逐漸發現人的身體確實充滿歧義——原來某些人的輕而易舉，到了另外一人身上卻面目全非。

又或者她不該這麼驚訝，這看她跟寶玲就知道了。

私底下，蕾跟寶玲，她們會用動作名稱去記憶某些學生——那個人亞馬遜做不好是因為上肢無力，不真的敢單手撐環；還有美人轉老是過不去的那個，那是肩膀太硬的問題。

她們各自有著一本記事本，將預計要教學的動作寫在上頭，記下分解動作的口訣，備課時如果沒有靈感，也可以拿出來查閱。有些時候，她們也翻看彼此的本子，討論如何為學生設計動作，強化他們身體的弱項。

在寶玲的筆記本上，除了動作名稱與動作素描圖以外，還可以見到一些人名，通常是幾個重複的字在排列組合。

以晞、晞辰、子晞、以辰。還有一些被塗掉的，讀不出來。

「不要以辰，」蕾對寶玲說：「那是一個女藝人的名字，我覺得她很吵。」

「你不要偷看啦！」寶玲尖叫，回過頭來又問：「我覺得她很漂亮啊，小孩子像她不好嗎？」

「不好。」

「好啦。」

在環上翻轉身體時，寶玲是不是因為太過輕鬆，才有餘裕想著這個屬於未來的孩子？在蕾心中，關於她和寶玲將會擁有一個孩子這件事，似乎總是相當遙遠。一個像寶玲的孩子，那當然沒什麼不好，只是，她們現在的生活似乎，也沒有什麼不好。

關於這些，蕾不曾向寶玲訴說。她把孩子的事全權交給寶玲，反正等到那個孩子出現，她們總是會養好的吧？要表演雙人環的時候，她們在環上的分工也是這樣的：寶玲負責發想動作、負責指揮方向；蕾則是負責穩定、負責配合。比起孩子的名字，蕾怎麼也無法寫上記事本的是，寶玲懷孕時，若是自己持續練習，能不能稍微趕上她一點呢？

只是誰也料想不到，檢查結果出爐，寶玲卻是不易受孕的體質。不是無法受孕，只是有些困難。醫生說，有很多治療調養的方法，也有很多個案接受治療之後成功受孕，不用太擔心。

即使如此，寶玲還是哭了整整三天，那三天，她連課都不願意上。不出門、不跟人說話。於是蕾獨自安慰寶玲，甚至對卡蜜說謊，說寶玲是因為得了流感才沒力氣自己請假。

那三天的寶玲，就像她往常的作風那樣，即使正悲傷，也展現出超乎常人的意志：堅持把自己和棉被一起捲在床上，每每蕾一到家，便聽她說起自己在多大的時候，就下定決心要擁有一個孩子。

「小孩是我一生中最重要的夢想了。」

不是把身體技術練得更好嗎？聽到時蕾心想，對學舞一輩子的人來說，最重要的夢想，會是生出一個小孩嗎？至少她就不是這樣。但無論如何，寶玲如何感受才是此刻的蕾最關心的事，於是她的手，仍是一下不停地拍在寶玲的背上。

終於，在第三天，看著哭泣不斷的寶玲，蕾把那句話說出口了。她說：「不然，就我來生吧。」

寶玲愣愣地從棉被中抬起頭，她的面色憔悴、眼皮浮腫，但眼神非常晶亮。蕾看著那對眼睛說：「醫生說我的體質可以。」她進一步補充：「你想要的話，可以用你的卵子。用你的卵子，我來懷孕，生出來一樣是你的小孩。」

是在話講出口的那一刻，蕾才真正明白。從拿到報告結果以後，在心中一直隱然躁動的是什麼、獨自面對寶玲大規模的哀愁，她無止境的耐心來自何處——「醫生說我的體質可以」——我可以，但你不行。

這是第一次，在身體上，蕾贏過了寶玲。

*

寶玲同意了蕾的提議。你真好，她說，我怎麼會沒有想到呢？話說完以後，她輕盈、愉快地翻身下床，雙腳劃動的弧度像是在掛布上側轉一樣。而從她離開床的那一刻開始，便正式接手了蕾的肉身管理：查到一張又一張的備孕食譜、買來各式保養用品、安排針灸推拿時段、嚴格規定蕾的睡眠時間。

「你夠健康，寶寶才會頭好壯壯喔。」

在乎著蕾的身體的同時，寶玲也開始施打排卵針。長長的針頭刺進身體，搭配保卵藥物，每月定期去生殖中心領藥或取卵。

排卵與取卵牽動著生理週期，一個月至多取一次。因為體質問題，寶玲取卵一次，能用的卵通常不到十顆，醫生建議把之後的長程運途考慮進去，保險起見，還是取滿三十顆卵再一起寄到國外。

於是每個月，寶玲的肚子挨了一針又一針，兩側肚皮被刺出孔洞。隨著時間，入針手法日趨熟練，而在那些還沒將卵取出的日子裡，濾泡在她的體內漲大，讓向來纖瘦的寶玲迅速地腫起腹部、像是有了小腹一樣；或者說，像是已經懷上了孩子一樣。

寶玲在睡前，就著夜燈，溫柔地撫摸自己的肚子，彷彿那些卵，已經足夠使她成為母親。白天教室裡，寶玲的瑜伽服變得緊繃，布料彈性絕佳地貼合著她，讓身體的形狀一覽無遺。

卡蜜當然也發現了寶玲的身體變化，她懷疑地問：「寶玲你，最近是沒在控制飲食嗎？」

寶玲撒嬌著抱怨：「欸，老師你怎麼這樣講話！」

蕾與寶玲有志一同地，沒把這個計畫告訴卡蜜。在過去，卡蜜聽到她的兩個學生走到一起，已經不太樂意。她說：「你們兩個女生，也可以搞到一起？」

關於卡蜜的反應，寶玲氣得不輕。蕾安慰她，卡蜜畢竟大了她們整整一輪，會有這樣像是從網路上抄來的刻板反應，其實並不值得意外。就算如此，寶玲還是有整整一個月都不願意跟卡蜜說話——這當然是仗勢著卡蜜對她的疼愛，蕾就沒有這樣的底氣。

一個月後，卡蜜的耐力撐不過寶玲，先服軟了。「是我老古板。」她這樣說：「你們不要讓私事影響到公事就好。」

「我們才不會。」寶玲說，吐了吐舌頭。

事情乍看過了，寶玲對結果很滿意，認為她們感化了卡蜜。

但不只如此，蕾還感覺到了一些其他，關於她跟寶玲。

蕾暗暗地想，事情不只是卡蜜恐同這麼簡單而已。她設想，卡蜜沒對自己說出口的那個句子是：你怎麼敢？——這麼優秀的、被卡蜜悉心照料、全心栽培的寶玲，蕾怎麼敢？

反正總之，經過那次出櫃以後，蕾與寶玲都很清楚，卡蜜必須被排除在她們的生育計畫之外。兩個女生搞在一起都不行了，現在還要搞出一個小孩，誰知道卡蜜又會說些什麼。

於是當卡蜜觀察到寶玲忽胖忽瘦的身材時，寶玲給出的說法是，秋天到了、天氣轉涼所以食慾比較好。

卡蜜皺皺眉頭：「飲食控制還是要做吧，這樣在器具上顯得太笨重了。」

寶玲說：「我不會影響到上課或表演啦。」

寶玲錯了。

身為卡蜜最喜歡的學生，寶玲經常被指派代課。代課是相對輕鬆一點的工作，只要教以前編好的串連就行，或者也可以開放學生點菜，點他們錯過的，或者想再學一次的動作。

就在施打排卵針期間，身材變得臃腫的寶玲代了一堂進階課，儘管能夠參與進階課的學生相對較少，但衝著寶玲的名氣，教室還是來滿了人。而就在她示範倒掛中軸時，毫無懸念地，於眾人面前吐了出來。

根據寶玲事後的說法，在環上感受到如此強烈的暈眩，是有生以來第一次。她的得天獨厚甚至包含了抗暈體質，在過往，無論是多快的轉速，她的動作都像是站在平面一樣穩定。

但此刻不同了。

此刻，暈眩的感受太過陌生以至於寶玲甚至反應不及，頭下腳上的動作搭配中軸的強力轉速，讓腹部強力翻攪，她幾乎是用摔的下環，來不及衝向廁所，就在厚墊上吐了出來。

學生的說法是：「如果沒有厚墊的話，寶玲老師的脖子肩膀肯定會受很嚴重的傷。」

這是大忌：在學生面前狼狽下環、依靠軟墊而不是肌肉保護自己，任何專業的瑜伽老師都不該這樣。表演的時候下面是不會有軟墊的，卡蜜反覆提醒。至於滿教室的嘔吐酸味就更不用說了，課程當然無法繼續，衝著寶玲的名聲來的九位學生，全都退費回家。

「這件事傳開，教室的名聲你打算往哪裡擺？」卡蜜質問寶玲：「你最近到底是在搞什麼東西？」

其實不是寶玲的錯。她天生是空中運動的好手，她的身體適合表演、卻不適合生育——排卵針的副作用在寶玲身上太過強烈，日日堆疊於體內的黃體促進素讓噁心感、疲倦感以及偏頭痛全都找上門來。

但卡蜜不知道這些。

不知道這些的卡蜜，收到了來自國外的通知。美國競技運動單位在進行全球性的公開徵選，選上的人可以參與為期兩個月的培訓，並獲得一次在西雅圖公開表演的機會。

寶玲當然是卡蜜的推薦名單，沒有誰感到意外。意外的是蕾，她被卡蜜私下叫進辦公室，告訴她，也去準備一支徵選影片，試試看，不用告訴寶玲。

「她最近狀況太差了。」卡蜜說：「你看過她準備表演，知道自己該怎麼辦。」

*

在空中運動的所有招式中，蕾最喜歡與倒掛相關的動作。需要靜心的時刻，她習慣讓自己維持簡單的star，雙腿撐環倒掛，轉過一圈又一圈。

在頭下腳上的旋轉世界裡，空氣的質地將會產生微妙變化，彷彿是凝固了，變成果凍那樣，或者說，像是自己活在果凍裡頭那樣。果凍讓視野變得模糊，當血液快速衝進大腦，蕾感受到自己臉頰與耳朵慢慢漲熱。

據說這個姿勢有助思考，但她喜歡就這樣掛著，什麼也不想。

為了徵選，她也替自己編排了一首三分的串連，搭配的音樂是古典樂。動作總數只有寶玲的三分之二，因為蕾的體力沒有寶玲好，但沒關係，蕾告訴自己：只要展示出身體具備足夠的可能，搭配穩定的轉速，這樣也很足夠了。

她將串連拆成上下，各一分半。她的策略是先把一半練熟了，再組起來。要是身體記憶能融進表演裡，也是美的。

短短一分半的時間裡，蕾安排了三次待轉——每次落地，都是為了更快速的起飛。每個下一次都需要比上一次更快。

「你不要太執著於速度了。」卡蜜說，但卡蜜不懂，蕾只擁有速度、不擁有時間。當寶玲的受精卵進到她的體內，蕾就沒有時間了。

她必須速度夠快，才能跟上曾經的寶玲。

那段時間，蕾向寶玲謊稱自己留在教室備課，錄下一支又一支的旋轉影片，研究自己從腰平衡到天堂鳥的轉換該如何做得更穩。在環的打轉之下，一遍遍地懸空，於吊點下方彎曲、凹折身體。

大招當然必須要有，但簡單基本的動作也應該安排。卡蜜告訴她，這除了是層次感的問題之外，簡單的動作做穩了也很有加分效果。沒人比卡蜜更懂這些。有些時候，知道蕾正獨自準備，卡蜜也特地來到教室，陪她鑽研動作，指點細節像是在過門之後的birdy要記得塌腰。

「尾椎放軟。」卡蜜坐在鏡子前向上仰望著蕾，她的句子簡潔有力，蕾於是便放軟了自己的尾椎，肩胛出力、仰望上空然後後彎很多。birdy是雙手在後拉環、胸腔前推，右腳打直抵環、左腳passe，就像飛鳥離巢那樣。

「非常好。」下方的卡蜜稱讚：「非常漂亮，像一隻鳥。」

錄出了最滿意的一支影片後，蕾傳給卡蜜，卡蜜回覆：「不愧是我最喜歡的學生。」

不要太高興了，蕾提醒自己，卡蜜大概就是說說而已。

為了避免自己太過得意，在空無一人的瑜伽教室裡，蕾把自己趕回環上，一樣是倒吊的姿勢。任由血液衝向大腦，心臟不快不慢，撲通、撲通地跳。

*

那段準備徵選的時間裡，蕾活得前所未有的好。除了教課、就是練習，每天到家以後，寶玲早已擺好了整桌的飯菜，她親手烹煮，一點營養素也沒漏，全都是為了確保那顆屬於未來的受精卵能夠入住最肥沃的子宮。

夜裡睡前，兩人躺在床上，蕾聽寶玲細數晚餐的鮭魚如何營養、山藥富含植物雌激素以及杏仁飽滿的Omega-3。更重要的是，只要下個月再取出幾顆卵，被凍住的卵子們就通通可以去坐飛機了。

「興奮嗎？很快就要有小寶寶進到你的肚子裡囉。」

「嗯，當然。」

這是謊。

隨著卡蜜對蕾的期望越來越高，她便越不願意面對那個孩子。她現在的身體狀態這麼好，健壯、豐盈、結實，拿來懷孕，難道不會太浪費了嗎？更何況，若是真的選上了，總不可能懷著孩子參與培訓啊？

幸好，幸好時間還長。寶玲的卵子還沒湊滿三十顆，就算等到真的湊滿了，成功受精也還得再花上一段時間。有個太過惡毒以至於蕾也不願意承認的念頭是：既然寶玲的身體這麼抗拒受孕，那麼她的卵子，或許也會很困難於受精吧。

直到車禍突然發生。

在醫院醒來的那刻，像是醒在別人的身體當中，四肢與意識不再連動、疼痛的感受像是被人強行塞入懷中那樣地生硬。

是她太過得意忘形所以上帝降下天罰嗎？罰她搶走寶玲在卡蜜心中的位置，或者，罰她妄想自己可以搶走這個位置。鋼釘打入身體，神經斷裂，體內一切都必須重新生長，西醫處理不好的部分，只能等未來強壯到一定程度再以中醫輔助，道理都是差不多的：鋼釘是插在體內的針，針灸是插在膚上的針。

不用太久，蕾就無法回憶起隨心控制身體是什麼感受了。明明，在車禍發生的前一天，她才向卡蜜寄出了那支影片，影片只有一分半，但那一分半之中的她，那麼流暢、那麼好。如今，她知道自己不該再想著徵選的事，事實是，她本來就沒有資格。

卡蜜最後一次來探病，有資格的寶玲總算問起了徵選的事，她像個孩子仰望母親：徵選該怎麼辦？初選通過了的話，還在復健期間就要去美國該怎麼辦？以現在的身體，沒能通過複選該怎麼辦？這麼難得的機會，以後沒有了該怎麼辦？

卡蜜安撫著寶玲。沒事的，先把身體養好了再作打算。

「我不要等下次，我想要這次。這次就要去。」

「聽話。」卡蜜說：「你還年輕。」

或許是在醫院裡累積太久的情緒，終於在卡蜜面前爆發開來，寶玲在客廳裡大聲哭鬧：「我期待這麼久、準備這麼久了，現在到底要怎麼辦？」

我也期待很久，我也準備很久，蓄在心中告訴寶玲：但沒辦法的事情就是沒辦法的。

卡蜜先是溫言安撫，沒事的、別擔心。但她畢竟不像蕾那樣地愛著寶玲，在耐性終於耗盡的那一刻裡，卡蜜說：「你夠了沒有？」

「車禍前你的狀態就已經很差了，弄出那麼多的問題，我都還沒跟你算。」寶玲頓住，向來備受寵愛的她不曾見過這樣的卡蜜，而卡蜜接著說：「更何況，不是專業表演者，要通過這種徵選本來就很困難。」

「你只是瑜伽老師，表演的強度跟在教室裡上課不是同一個級別的。」

卡蜜起身，離開前的最後一句話是這樣的：「把狀態調整好，教室會等你們回來。」她說完便走了，未來幾週都不再傳來消息。

至於蕾和寶玲，她們被留在自己的公寓之中。當大門被關上以後，室內寂靜是隻黑貓，悄悄地來、悄悄地舒展身體。

*

卡蜜走了，不再捎來問候。儘管她絕情得不合常理，寶玲仍舊以極快的速度冷靜了下來，在接下來的日子裡，她表現得像放棄徵選了一樣。或者說，她確實是放棄了徵選，卡蜜說得沒錯，她們早該認清——瑜伽老師能接到的表演，不過就是瑜伽教室的開幕式而已，外頭沒有什麼人真的在乎。

於是她們專心調養，寶玲日復一日烹煮著養生菜單，幾乎像是車禍發生以前那樣。是在一個最平凡的早晨中，蕾走出臥房，看見寶玲握著手機坐在沙發，就是當初卡蜜坐的位置。她的背脊挺直、姿態莊重。

然後寶玲抬頭看見了蕾，露出甜美微笑。開口的聲音清脆，她說：「我剛剛打給中心，我請他們把卵寄出去了。」

「可是，還沒滿三十顆不是嗎？」

「我不想等了，就送出去試一次看看吧。失敗的話，就從頭再來一次。」

「從頭再來一次」，這一切是如何浩大而艱困，那些針頭與藥物，膨脹又縮小的身體，這一切為什麼可以這樣、這樣輕巧溫柔地說出來呢？

偏偏寶玲就是可以。

她是認真的，蕾感受得到。因為感受得到，於是什麼也說不出來。

面對沉默的蕾，寶玲從沙發中站起，她的左腳因為纏繞紗布而顯得臃腫，寬鬆睡衣蓋不過肩頸上未拆的縫線。蕾知道，當她脫掉外衣以後，無論已經吞下了多少藥物、無論復健得多麼勤勞，寶玲的軀幹依舊充斥多處紅腫，至今沒能消除。

就算是這樣，寶玲的身體——寶玲在晨光中的身體，沒有任何道理地，顯得非常靈動優雅。明明蕾是傷得比較輕的那個，但到了寶玲的面前，她卻永遠笨拙。

寶玲來到蕾的面前，張開雙手，像她們在雙人環上交叉抓環彼此環抱那樣，寶玲擁抱著蕾，輕輕地說：「我想過了。痛這一次也好，這一次以後，就沒什麼好怕的了。」

她稍稍拉開距離，於是她們能夠看見彼此的眼睛，蕾望見寶玲眼神堅定，她說：「痛過這一次以後，我們的身體，就會變成適合生小孩的身體了。」

彷彿電流通過全身，蕾想起在車禍前後，寶玲為自己端出的每一道菜，那些食物鎔鑄她如鋼鐵一般的意志，如今終於開始在自己的體內發生效用。

寶玲決定的事情都將成真：從今天開始，蕾的身體就要成為最適合生育的身體了。

長生萬物

1.「我諸戎飲食衣服不與華同，贄幣不通，言語不達，何惡之能為？」（西戎首領駒支）

懷孕那年，旭哥要她乾脆辭職，家裡不缺她這一份薪水，但缺一位母親照顧嬰兒。她沒有猶豫太久便答應了他。旭哥向來是務實的人，他只要她照顧嬰兒，於是她便只要照顧嬰兒。

嬰兒咪咪於晚春四月降生於世。從此，她的睡眠時間受到嬰兒咪咪的消化系統控制，旭哥很快請來阿姨日日到府，工作項目是代煮午餐並且打掃公寓，有時阿姨看她疲倦，會主動表示願意協助看照咪咪，但她從不答應。

咪咪是她負責的項目，在一開始她就很清楚了。

阿姨會在每日近午準時抵達，一小時後餐桌上的菜色是穩定的四菜一湯：兩種肉、兩種菜，再附加一碗水果。每當她開始用餐，阿姨便從公寓消失，她不知道阿姨吃什麼午餐，是否跟她餐桌上的一樣豐盛，因為她只同意阿姨借用微波爐加熱便當。下午一點半阿姨準時回到公寓，隨後打掃四小時，於傍晚離開。

白日之中，嬰兒咪咪能做的事很少，她進食、排出屎尿，哭泣然後進入短暫的睡眠。若是咪咪餓了，她便掏出乳房；吃飽拍嗝、換尿布，這些事情很快她便做得熟練了。

把睡著的咪咪放進嬰兒床後，通常她也可以再睡一下，直到阿姨打開吸塵器，將她與咪咪同時驚醒。

嬰兒咪咪偏好哭泣。

根據她的觀察，比起微笑、尖叫，或者嬰兒少數擁有的幾種反應，咪咪經常選擇哭泣。那是她成為母親後最初的體悟。她非常篤定，不滿一歲的嬰兒咪咪，已有能力對自己的人生進行選擇。第二項體悟則是，自己原來、真的，不因為成為母親而感到歡愉。

事實上，她把事情做得很好，在最短的時間內適應一切——當然她也抱怨，身體疲勞、賀爾蒙改變、親餵必須注意的事項繁瑣。但事實上，她從未真正感到無法負荷。或者，甚至在此之上——她不但能夠負荷，還頗有餘力。比起來自周圍女性的諸多恐嚇，她可謂是表現卓越，並不因為過短的睡眠時間而心煩焦躁，泌乳儘管疼痛，亦不如她所聲稱地那樣難受。

但問題的關鍵在於一切的背面，她不痛苦，也不快活。

如果身為一位好母親的必要條件是樂於成為母親，她想自己並不符合資格。

一日近晚，阿姨離開公寓後，旭哥回到公寓前，嬰兒咪咪會再一次地經歷飢餓。她於是習慣在黑暗來臨以前掏出乳房，坐上沙發，任由咪咪吸吮她的乳頭。看著落地窗外的景色，天空光芒逐漸加深、下方街道有著綠樹與行人，她感受自己乳房的端點如何在咪咪口中變形，同時泌溢出乳汁。

懷孕時曾經想過，或許只是還沒有實感而已；或許當胎兒從她體內剝落，她終將知曉製造人類的喜樂，體會母愛的崇高與神聖。

但是如今，夜晚來臨以前的例行哺乳是她對自己最誠實的時刻。這件事情確實沒有發生。也許只是還沒，她不知道，保持樂觀是優秀的人格特質。她對自己說，也許愛與衝動將會湧現在咪咪開口說話的那一刻。生命是未知，沒有什麼絕對的事。

隨後嬰兒咪咪慢慢成為幼兒咪咪，幼兒咪咪在寒冬裡說出人生中的第一個字。

在那之前，當然咪咪也曾經發出過許多音節，唇部開闔製造「嘛、嘛」喊聲，手拿好神拖的阿姨在書房裡聽見了，快樂地向客廳高喊：「哎呀咪咪會喊媽媽了！」而她總是淡淡回答：「只是餓了而已。」不確定書房裡的阿姨如何反應，但咪咪確實只是餓了。

曾有研究告訴過她，幼兒習慣發出「ㄇ（m）」的唇音，那並非習得語言系統中「母親」的意義。真相是，此一音節的發聲仰賴嘴唇，使嬰兒聯想到食物；同時，他們本能地發現，唇音能夠討好成人照顧者，換得疼愛或者食物，以順利存活。

於是，在她的判斷中，幼兒咪咪人生中的第一個字，是「嘴」。咪咪準確地伸出手掌，抬頭望向她，說：「嘴。」那是非常清楚而直接，討要奶嘴的意思。那是表意，亦是語言。

在那樣的時刻裡，她首先深刻地發覺：咪咪確實生而為人。再沒有任何值得懷疑的地方了，咪咪是一個她所生產以及製造而成的人。還有另外一件事。當咪咪的話語傳進腦海，語意停留，而她並不感覺顫動。心中玻璃厚厚一層，她仍然是只有自己。

自己或許永遠不會感受到身為母親的快樂了。

後來，她因為沉浸於這項體悟之中，延遲了遞出奶嘴的時機，幼兒咪咪於是癱坐在地、尖叫大哭。

*

咪咪學話的速度似乎偏慢。她與旭哥在某個週六預約了醫院門診。醫生說：「都在正常的範圍內，不必擔心。多多給予刺激，保持陪伴觀察就好。」醫生說正常，她於是沒有失職，旭哥於是滿意。在回程的路上，他突然詢問她是否需要「放風」。

「我明天可以在家，幫你照顧咪咪一天。」她答應了。

那個週日她去了百貨公司，獨自看完一部喜劇電影，在七樓的男士館為旭哥買了一條領帶。回到公寓時，旭哥對她說，咪咪與他都很享受難得的父女時光。

「那太好了。」她微笑抱起幼兒咪咪，從手感判斷尿布潮濕沉重，旭哥沉回沙發，將電視的兒童台轉成新聞台，而她從櫃中拿出一片新尿布。

在她與旭哥的家庭分工上，育兒由她全權負責，他偶爾核查事務運作是否如儀，她向來順利通過考核。

旭哥是個好父親，她很確定。

當他看向咪咪，眼神深處有微小光點曖曖流露，像是公路上的夜行車燈，或者深山夜裡映出遠方燈火的清淺小河。但有些事旭哥沒提，根據她的假設，是因為他沒有發現。那些事像是，她從未感覺愛上咪咪，或者咪咪並不是個聰明的孩子。不聰明的幼兒，可以稍微延伸判斷的是，將也不會是個聰明的成人。

幼兒咪咪的表情模糊、眼神渾沌。當然，呆滯的孩子仍然能夠有種稚弱討喜的神態。她還聽過一種說法：世上所有生物的幼年，都是一生中最可愛的階段，因為牠們必須激起成熟動物的保護慾與照顧慾，以便在最脆弱的時期生存下去。聽到這種說法時她暗暗想著：人們總是把如何生存看得太重要了。

擁有呆滯美感的幼兒咪咪不功不過地成長。口中牙齒參差數顆。而她讀到新的育兒理論是，成人與幼童應當吃用同一種食物，或者說，應當讓幼兒看見，自己與成人吃用的是同一種食物。育兒書說，這對幼童的心理發展有些好處，可以避免焦慮型人格。

她是一位不太感覺到愛的母親，同時也是一位認真負責的母親，所以她讀育兒書，並且仔細觀察自己生產製造出來的幼兒、思考理論背後的假設。她留意到一歲多的咪咪過度黏人、依賴奶嘴的情況似乎逐漸嚴重。於是她決定實施育兒書中的那些理論。

理論乍聽之下似乎在危害幼兒，因為他們無法承受過多調味。但實際上，它是在要脅成人——並不是要幼兒吃用成人的食物，而是要成人與幼兒一同承受最低限度調味的飲食。書的意思是，反正吃得淡對成人也好，大不了，為孩子忍耐個五年八年，總不是多過分的事。

她不反對書的假設，也依照指示實踐書中理論。不過對她而言，整件事情其實無關忍耐。食物本身是為了維持最低限度的生存狀態，不是為了生之歡愉，或其他什麼了不起之事。她於是要求阿姨額外烹調不加鹽的青菜，白水燙肉以及原味炒蛋。

至於旭哥，他不必參與這一切，畢竟他返家時咪咪早已用過晚餐，她不會目睹父親的餐盤中擺放有另外一份味美光鮮的飲食。

除此之外，她還實施自主飲食，這也是從幼兒書上讀來的，讓幼兒以一己之力吃飯，提前訓練她的手部抓握能力。

她提供幼兒咪咪兒童餐具，也確實教導她正確施力的方式，但當事情涉及口腔與食物，她便不再插手。太過理所當然的是，不到兩歲的咪咪、不夠聰明的咪咪、反應偏慢的咪咪，一次又一次地摔下餐具，徒手抓菜塞入口中。那也是訓練的一部分。沒有關係，書上說：幼兒自主飲食仰賴成人照顧者的耐心陪伴，不必斥責或者催促幼兒。眼光放長，進步遲早。

在無法抓握餐具這件事上，她確實從未責怪咪咪。多數時候，在她吸收育兒知識並且做出實踐決定的同時，她對幼兒咪咪感到憐憫。

「你好可憐哪。」她溫柔地對著不擅言詞的幼兒咪咪說：「你連該怎麼吃飯，都是被我決定的。好可憐哪。」

決定有其代價，她很清楚。而這次的情況是，在抓握能力尚未發展完全的咪咪奮力徒手進食之際，餐桌鎮日出現以咪咪為圓心的大規模髒亂。阿姨的工作量大幅增加，必須加薪，加薪與否屬於旭哥負責的範圍。這次決定的代價是，她必須對旭哥轉述育兒書的內容，並且說明幼兒進食法之於人格發展的意義。

旭哥是個傳統但是開明的男人，對於不熟悉之事，他在安全的範圍中保持好奇友善的態度。她有時因此感覺溫暖，也在某些時刻裡湧出疼愛他的慾望。聽過她的說明以後，他毫不猶豫地答應為阿姨加薪。

她想自己愛旭哥勝過咪咪，畢竟那是她選擇的男人。但是對於咪咪，她只選擇給予生命，不曾選擇這樣的一個人。不過，反正，這些都不重要，因為旭哥不會檢驗她的感受來決定她是否是位稱職的母親。

當幼兒咪咪邁入四歲，即將進入幼兒園時，她才發覺，這原來是家長間的大事。

初次脫離父母。社群與人際的起點。新的人生階段。多麼、多麼地有意義啊？當然，她不否認，對此她也隱隱躁動——不只咪咪，她的生活也將進入新的階段了，那會是怎樣的生活呢？

總之，她有手段，旭哥有錢，咪咪因此在一間頗負盛名的私立幼兒園裡占據一個名額。

即將四歲的幼兒咪咪逐漸認識許多詞彙，開始習慣拼湊長而完整的句子，並且早已熟習使用餐具自主進食的技能。她的決定對了。

事實上，關於咪咪，她一系列的決定都對極了。因為她的決定，咪咪發展成一位身心健全性格安穩的幼兒，像她的父親。她知道，旭哥也是。有時旭哥僅僅只是看向咪咪，她便感受到他如何對自己、對家庭感覺滿意，那是屬於旭哥的愛的形式，她也因此躊躇滿志。

＊

幼兒咪咪進入幼兒園後，她過去在白日裡的負責項目現在有人代為處理，每日抵達公寓的阿姨換了一個。

她曾和旭哥提議：「要不我們別找阿姨了？家務我可以學。」

旭哥慈愛地看著她，搖了搖頭：「教育不只是老師的工作，父母也要留心啊。」他的意思是，她也要留心啊。他要她繼續專注於處理咪咪，毋需顧慮其他。他說：「白天要是無聊沒事，去報名一些喜歡的課程也很好。你不是一直都喜歡讀書嗎？」他真是位好丈夫，她溫情地想，他認為她的閱讀與才藝對咪咪有益，就像當初她閱讀育兒書，造就如今進食優雅的咪咪。

他什麼都不知道，想到這裡，她的內心便柔軟歡愉。

阿姨換過一位，跟上一位差不多年紀、差不多穿著樣貌，一樣日日到府代煮午飯，打掃頻率改成一週兩次，反正咪咪已經不再四處潑灑食物、製造混亂。

週間那些阿姨離開、咪咪不在的日子，咪咪的玩具整齊無事地擺放在玩具房裡，公寓明亮整潔，並且安靜。至於她，偶爾也洗曬衣服，整理餐桌，拿起滾輪沾黏旭哥毛衣上的棉絮。挑揀一些感興趣的小事，不表現得太過閒散。

沒人知道她過得多麼舒適。實情是，沒人知道的時候，她是個廢人，漂浮於公寓。因為她維持了晨起的作息，甚至早於睡眠時間還不固定的咪咪，於是從來不曾有人發覺。

幼兒咪咪有時會在凌晨時分從自己的床鋪上甦醒，抬頭只看見熟睡的父親。身材短小的幼兒咪咪已經知曉如何翻下小床而不摔傷自己。她會獨自走向客廳，用孩童走路那樣搖晃且充滿彈性的身姿，在客廳裡找到自己的母親。

這是一個穩定的孩子，像她的父親。

幼兒咪咪沒什麼比其他同齡孩子優秀的地方，只有一點，便是在睡醒時幾乎從不哭鬧。這很難得，育兒書說，這種現象代表幼兒極有安全感，確信無論如何自己必然身處於最安全的所在。

她比過早清醒的咪咪以及旭哥都要早起。預先替他們準備早餐，配好旭哥的西裝領帶並且決定咪咪的每日髮型。時間來到八點三十分，旭哥帶著她與咪咪一同出門，他送她們到幼兒園，她送咪咪走入校門，再緩緩從幼兒園中走回公寓。

回到公寓後，就是無人知曉的時候了。

無人知曉的那些時候，她做的事情不多，空間仍是客廳與臥房二處：有時窩進沙發翻讀雜誌或者小說，也打開電視，看新聞、看劇；有時則是癱倒在床，毫無節制地使用手機。無論在哪，她總能夠快速地打起瞌睡，在明媚的晨間再次睡去，轉醒之際，阿姨正好上門煮飯。她從眠夢中起身，為阿姨按開大門。

咪咪從小班升上大班，畢業後再進入另外一間私立小學。

這幾年，她訂閱了各式各樣的雜誌，不分類別，有字有圖即可。除了全彩的時尚雜誌，幾乎所有雜誌都很便宜；事實上，全彩的時尚雜誌也只是比較不便宜。

旭哥不曾知曉她究竟閱讀、訂閱了哪些讀物。每月新刊寄至信箱，阿姨在進門以前替她帶進公寓，一兩日後她翻讀完畢，便讓阿姨離開公寓時拿到一樓回收處理。

她並不沉迷於任何內容，只是關於雜誌的細瑣、吵雜、不深入，很能引起她的興趣。她欣賞雜誌每翻過一頁便換一人說話的調性，喜歡大量不正經的廣告頁穿插在太過正經的內容之間，並且總是被無所謂的冷知識與冷笑話逗樂。

小美走在時尚的尖端，然後就被刺死了。

好難笑，哈哈哈。五花八門、亂七八糟的那樣。

少了咪咪，她的白日時光像是一面透明玻璃，那面玻璃從她的內心壯大至整間公寓。窗外的建築車聲與氣密窗相隔後是那樣地沉默。她被覆蓋其中，翻過一頁又一頁的雜誌，感受到某種微弱渺小的熱情。然後闔上書頁，依舊什麼都無所謂，育兒、家務、知識、時間，種種事物都無所謂。漂浮與隔離的不真實感大過一切。

她並不是抱怨。這樣的生活夢寐以求。人生若是能夠重新選擇，她仍會毫不猶豫地讓自己再次走到現在這裡。

傍晚時分，她提前抵達幼兒園，準時接起咪咪回到公寓，一次不落、從未遲到。咪咪在場的時候，她將全數注意力集中，聆聽咪咪以模糊的語音講述零落的事件，準備好所有學校裡要求的吃穿用具。

旭哥對她的育兒技巧簡直太過得意。他不只一次提議再生一個孩子，而她不曾反對——不曾對他表示反對。她告訴他醫生說過她的體質比較困難，沒告訴他醫生開出的女人藥裡有顯著的避孕功效。

她不是堅決地不願意再有孩子，只是比較傾向不要再有孩子。她不需要再有一人來提醒自己有多空洞，這樣而已。

沒有人知道的是，她只是什麼都做得好，這樣而已。

輕鬆的路總是會有，只要找到方法。

一切都關於選擇。

選擇有其代價、有其成本。嫁給旭哥的代價是他終其一生讀不懂她，而她終其一生必須是他眼中所見的那個樣子。但另一方面，另一方面他確保她諸事安穩。他在出錢時刻從不囉唆、從不發問。為什麼她是這樣的人？為什麼事務這樣運作？為什麼家中總是安靜？為什麼愛的發生如此艱辛？他不問，他只是娶她、將育兒劃分為她的項目，然後買單一切。於是一切都變得輕鬆起來。

她仍然沒有愛上咪咪，世上仍然沒人知道這個秘密。

*

咪咪進入小學以後，她如旭哥所建議地，為自己報名了許多課程。嘗試過語言課、插花課、茶道課、文學寫作課。至今為止，咪咪十歲時，她已經學過了日文、韓文、法文，下個月德文就要開課。全都只學皮毛，但沒關係。電視裡韓國人說了些話，背對電視的她詢問旭哥：「在問吃飯了沒對吧？」旭哥大為感動，學費沒有白花，看電視可以不用字幕了。

孩童咪咪的學費才是沒有白花。她不是聰明的孩子，但她認真且虛榮，無法忍受輸的概念。小學六年，不曾掉出班級排名前三。孩童咪咪在學校裡學到指認世界的語氣，晚飯過後老氣橫秋地對她與旭哥說：「現在，我必須去讀書才行。」

旭哥有時有些擔憂：「咪咪怎麼會給自己這麼大的壓力？」

她輕鬆安撫：「沒人逼她，她喜歡讀書就讓她去。」

確實沒人逼迫咪咪。旭哥喜愛對外人吹噓一件事，是她不只從不體罰，更不曾高聲吼罵過咪咪。怎麼可能。每個聽完的人都問，這怎麼可能？孩子不都頑皮？難道咪咪不會鬧脾氣嗎？

她知道怎麼和小朋友講道理。旭哥這樣回答。她很溫柔。

他說得沒錯。儘管她會在人們面前表現害羞，還是有需要管教的時候啦，她會這樣說。但她確實不曾體罰、不曾吼罵。她只是擁有耐心，以及擅長其他形態的暴力。

真的有不對孩子使用暴力的父母嗎？她經常思考。

「歧視從不消失，只是轉變成更幽微的形式。」這是她的大學教授說過的話。她想自己是有點歧視咪咪，有點歧視旭哥。她想自己如此貪安，竟然還會歧視著他們這樣勤懇的人。

當孩童咪咪為了某物某事哭鬧不止時，她會提出問題，像是：「你思考生命的意義嗎？」咪咪在哭，咪咪不懂，而她趁機享受咪咪的無知。她會拿出手機，找到事先儲存的影片，放到咪咪面前。不知視覺效應如何運作，反正無論是怎樣的影片，總能夠吸引咪咪的目光。她提供的影片包含肉食動物狩獵、農藥原理說解，或者果實如何由花開生長，直到墜地腐壞。

只要用心，網路上能找到所有關於死亡的影片。

她曾經告訴咪咪：「在你因為買不到玩具而製造我的困擾的同時，世界上有一顆蘋果正在死去。」影片中，蘋果陷落土壤，透過縮時攝影，正快速地發黃、皺縮，最後成為一粒乾扁、黑色、壞死的核。

幼兒咪咪的表情困惑，她於是進一步解釋：「從我的理解來說的話，對植物而言，死亡的概念應該是發生在不能繁衍。也就是說，這顆蘋果的死，是因為它腐爛於地面，你懂嗎？要是它能夠發芽，也許對蘋果而言，就不能算是死亡了。」

孩童咪咪表情空茫，忘記哭泣。咪咪回覆她：「好噁心喔。」她知道此時咪咪不再哭鬧的原因，因為知識就是暴力。

當然也有些時候，咪咪失控到無法專注於她的話語，但幸好她們多數時間都待在公寓。而既然語言已經失效，她便再也不發一語。

這種時候，她會安靜而用力地抓起咪咪、帶入浴室，把咪咪放進浴間並且關上乾濕分離的霧玻璃門，然後她就坐上馬桶，在馬桶上任由咪咪於澡間哭到結束。這段過程她可以滑手機、看雜誌，以任何形式的沉默回應咪咪尖刺的叫喊，反正最開始時拒絕語言的人就是咪咪，而除了物質與語言，她已經沒有其他什麼可以給予了。

從幼兒到孩童，咪咪的注意力通常不會超過十分鐘，並且咪咪不善思考，無法追問自己哭泣的原因。十分鐘後，咪咪主動拍打霧玻璃門。她將門拉開，會看見一位伸手討抱、冷靜委屈的孩子。

這沒有什麼了不起，幸虧旭哥，這幾年裡她只需要面對咪咪。一個人，一件事。日本人追求匠人精神，一輩子只要做好一件事，說的大概就是旭哥這個意思。

人真可憐，她想。彎腰抱起咪咪，走出浴室，如果旭哥這時在家，會對她投以感激的眼神。

「你辛苦了。」他會這樣對她說。

*

事情來到一年前的冬天。世界大疫即將開始四處流竄，人們對於內與外的界線出現轉變。新事物正在成型，但她什麼都沒注意到。對此她有些責怪自己，怎麼可以這樣遲鈍呢？

然而確實就是這樣。這一年來，除了旭哥更專注於電視前的新聞以外，她的生活節奏沒有太多改變。有些才藝課程臨時中止，宣布改成線上課程然後又全數取消。都無所謂。災疫降世的日子裡以來，她仍然是這間公寓中最早甦醒的人，準備早餐、網購口罩、送咪咪上學。

又是幾年過去，咪咪已經四平八穩地成為少女，初經來潮、性徵發育，沒有什麼意料之外的事。甚至，在咪咪國中畢業之時，她已不再故作感慨。什麼小孩長得真快，都只是時間感誤差的另外一種說法。

從幼童咪咪到少女咪咪，有些相當典型的轉變出現，像是少女咪咪開始對衣著堅持、追蹤某些流行，也交到一些過分親密的女友——不是小蕾絲邊那種過分親密，至少還不是。當旭哥略有懷疑的時候，她安撫他，扮演家中那位開明支持的媽媽。她很清楚，咪咪始終是個遲鈍的孩子，性意識就算開始萌芽，也還沒產生意義。果不其然，升上高中二年級的咪咪，才悄悄地告訴她學校裡某位學長是如何怎樣地富有才華、非常帥氣。

在少女的房間裡，她輕輕淡淡地告訴咪咪：「你要是在高中就交男朋友，你爸肯定會反對的。」

少女咪咪尖聲回答：「我又沒說要跟學長談戀愛！只是欣賞而已啦！」她能看見咪咪眼中的母親，就像看見旭哥眼中的妻子。

相對於旭哥，她確實是較為開明支持沒錯，因此享有在女兒房裡談心的權利。然而少女咪咪對待她與旭哥，仍然變得較為尖銳或者疏離，她學會一些句型像是：「你們不懂啦。」、「現在已經不流行這樣了啊。」諸如此類。關於這個部分，她不曾感覺傷害，因為實在非常典型。自己的女兒了無新意，她很明白。

咪咪降生至今十七年，無論是哪個時期，她向來只需要重複已在世上發生的事，只要重複，便能夠輕鬆應對，有些無趣，也相當方便。

無論如何，總而言之，在一年以前，比起疫情的到來，少女咪咪更充分地對她的生活發揮影響力，提醒她這個世界是如何流動吐息。

她以為世界將總是與咪咪一同起伏，直至今夏。

夏天如常開始，所有事情都尚未發生，然而眨眼瞬間，旭哥與咪咪的白日都必須留守於公寓裡。疫情重新爆發，新聞說。隨之而來是遠距課程、線上辦公。人人都把Work From Home縮寫成ＷＦＨ，而她老是讀成一句髒話。

旭哥與咪咪留下，反倒是公寓裡的阿姨不再出現。旭哥宣布防疫優先，外人不可於家中出入。夏天開始，她突然之間不再擁有任何無人知曉的時刻，甚至，這間公寓沒有任何一處專屬於她。怎麼回事？

當年新婚，旭哥買下的公寓很大，大到足夠撫養兩個小孩，給他們各自一間房間。買定以後他對她說：「我希望我們可以在這裡住一輩子，改裝翻新都是小事，但我想要避免搬家。」那時的她還有些意外，如今便已明瞭，像旭哥這樣的男人，一輩子只能待在同一個地方。

既然公寓空間足夠讓咪咪與另一個虛構的小孩各自擁有一間房間，如今的她怎麼會沒有屬於自己的地方？關於女人與房間，難道不已是個過氣太久的主題？

但確實就是沒有。

因為過去，整間公寓都是她的房間，她待在哪都無人攪擾。旭哥將客房改為書房，漸漸堆滿新型電腦、桌椅、櫥櫃與那些只屬於他的東西。

除此之外，進食的需求僅於剎那間便席捲公寓。最迫切的問題是，當公寓少了阿姨，食物張羅將是誰的負責項目？

她與旭哥沒有討論，但他的表現相當明顯。即使ＷＦＨ，他的工作時間依舊固定，每兩週必須進公司一趟確認情況，於是早飯過後他離開位置，走入書房、客廳，或者其他地方，留下碗盤在桌面。沒有人應該負責收拾，過去的他們從來不收拾。

午餐時刻，旭哥走進餐廳，望見空蕩蕩的餐桌，問：「飯怎麼辦？」

飯怎麼辦？她知道旭哥發問時真心困惑，他不知道怎麼辦。這和他想像的家庭運作並不一樣。

她不怪他，他的天真是她一手養成，於是宣布：她將開始學習煮飯。不應該要困難到哪裡去。她不是不進廚房的那種太太。曾經訂閱過一陣子烹飪雜誌，茄子遇酸比較不會變色、蠔油與醬油的差異、味噌湯起鍋前必須多加一小匙糖，小知識她都有。甚至過去的某些時刻，興之所至，她也樂於協助阿姨，剝除菜梗、調製醬料、攪拌湯汁，都是透過重複便能完成之事，對此她深有經驗。阿姨端出的菜餚以家常菜為主，蒸炒煎煮，看著彷彿不需要技巧。

咪咪對她說：「媽，就算很難吃，我也不會嫌棄你。」

旭哥對咪咪說：「你媽什麼都學得很快，不用擔心。」

那時的他們都不知道，一切從此開始。

2.「是我成為母親的時候了嗎？」（詩人李蘋芬）

最容易的是蛋。電鍋可以蒸出完美的溏心蛋，內鍋鋪上一層浸濕的廚房紙巾便不再加水，跳起來後等五分鐘取出。訣竅是剝殼前先放在冰塊中跑水。跑水的意思是任由水龍頭沖洗雞蛋，流水不停。跑水五分鐘可以剝出最溫潤光滑的蛋面。保養品公司主打水煮蛋肌，但最開始時她的蛋表面凹凸不平。

炒蛋一樣容易，打蛋、攪散，熱鍋後拌炒。加義式香料配番茄醬是西式菜餚，加九層塔或蘿蔔乾便轉生成中式經典。無論如何，配料一下水分炒乾便是整整一盤。青菜從水煮改成清炒，加進肉絲、洋蔥或者切絲香菇便會變得更為華麗。肉湯的秘密是生肉必須反覆沖洗，並且初次煮成尚不能食用，最好先過濾。需要濾去的不止肉渣，還有油脂。去除油脂的步驟首先是放置冷藏，讓油脂凍在表層，以湯匙刮去。濾過肉渣與油分的肉湯香甜清新，旭哥與咪咪喝下，世界和平、安康喜樂。

她將烹飪雜誌重新訂閱回來。有些菜色確實容易，像是絞肉炒茄子、茶碗蒸、起司牛奶鍋，旭哥讚許地說：「你好厲害啊。」其實這些都不困難。

或許在最開始時旭哥與咪咪曾經容忍，但正如旭哥所說，她學習的速度向來那麼快。而更關鍵之處在於，廚房是只屬於她的地方，當旭哥走進書房、咪咪將學習用平板架在客廳，廚房便是他們留予她的歸屬之地。在那裡，她重新擁有了自己的秘密。

她最喜歡的秘密，與炸豬排有關。

豬排是前一天就醃製好的，食譜的醃料配方是米酒、椒鹽粉與五香粉，她多加進一把辣椒，幾週以來，她發覺咪咪嗜辣，口味偏重。

這真有趣。她邊切著辣椒邊想，她從小便替咪咪決定了低調味飲食，她陪伴咪咪吃著無調味食品那麼多年，怎麼長大了的少女咪咪，卻重鹽嗜辣了起來？沒有道理。

沒有道理，但沒關係。咪咪是個重視食慾的少女，當她因為進食而感覺滿足，眉眼之間得以舒展出整片的明媚風光。食物不過就是人類生存的最低條件。至今她仍然如此認為，然而看著吃得歡快的咪咪，心中確實浮起憐惜，並且記下了：咪咪偏好的酸辣湯配方必須多放一匙白胡椒粉。

回到豬排，豬排前一天泡進醃料裡，從冷凍改放冷藏退冰。隔日早晨，就在她清理完早餐的碗盤以後，從冷藏取出豬排，先用刀背將肉筋敲軟，再裹上一層麵粉，為求清爽不沾蛋液。等待肉的水分與麵粉融合，同時取出油鍋開始熱油。只要稍微靜置，麵粉便能妥善吸附於肉排表面，這段過程被雜誌稱作反潮，反潮若是成功，即使沒有蛋液也不必擔心麵衣脫落。

比起全油炸，她先選擇了半煎炸。油與肉排同高，一面炸上四、五分鐘，看見表面浮起血水時便得以翻面，一翻面，肉汁封印內裡，炸出來即會是內裡軟嫩的口感。

太容易了。她第一次嘗試便空前成功，咪咪第一口便驚叫：「這個跟外面賣的好像！」旭哥同樣笑得慈眉善目：「等到解封你媽就可以去外面開餐廳了。」

他們說得沒錯，她做得很好。誰也沒想到的問題是：剩油如何處理？

倒進水槽是最無法接受的做法，會造成管線堵塞以及其他硬體問題。她的雜誌沒說，網路倒是給出許多建議：濾去雜質後將油留下作炒菜用，或者以報紙吸起油分再丟棄報紙，亦可全數倒入廚餘桶。公寓沒有廚餘桶，最後她選擇的做法是將剩油裝進寶特瓶，再連瓶丟棄。

廚房裡，豬排炸好以後必須靜置五分鐘。「讓肉休息」，雜誌這樣說。

而她趁著炸好的肉在休息的空檔，將漏斗擺上寶特瓶，抓起油鍋把手，小心翼翼將剩油倒入。原本她以為困難之處在於如何倒入。沒想到災難竟是發生於倒入之後——炸過豬肉的油水表面沉靜不再沸騰，其實內心炙熱，寶特瓶在油進入的瞬間發生扭曲。她來不及停手，已經倒一半了，停手只會讓場面更加尷尬。於是她繼續倒，油面升高而寶特瓶不斷向內皺縮，外層的塑膠薄膜隨之變形，像被痛揍以後歪斜倒下的身軀。有些細微的聲響發出，喀嘎喀嘎的那樣。

把油從鍋中倒光不過數秒鐘的事，塑膠瓶身已經皺縮到連原先的一半都不到。金黃色的油脂中漂浮著肉末粉塊，她彷彿正在煉造琥珀。

先把空鍋放進水槽，再轉身看向搖搖晃晃難以站穩的變形油瓶。她小心翼翼地將瓶蓋轉上瓶口——當然轉不牢，因為瓶口已連帶歪斜扭曲，但還是很勉強地讓她給蓋好了。

封口以後她用手指輕碰，歪斜的瓶身竟是滾燙的，而且觸感油膩。她倒油時力道精準並無溢漏，於是瓶身的油分必定是從內部滲透於外；或者更誠實一點的話，她相信那黏膩的觸感絕非來自炸油而已，絕對還有一些什麼有害物質，在熱油倒入的過程中被她釋放出來了。

她想起過往，當幼兒咪咪哭鬧不休時播放的植物影片，影片的最後，一顆鮮豔的蘋果就像此刻的寶特瓶一樣，快速萎縮直至死去。她用濕抹布裹住油瓶，連著抹布扔進垃圾桶裡，將其他垃圾蓋上以後，什麼都看不出來。

此時肉排休息得正剛好。她將其切塊，準備上桌。

切肉的時候，她的腹腔湧起一股難以壓抑的笑意，這到底都是什麼事情？她曾幾何時把自己搞得這樣狼狽？然後她便無可抑制地，在水槽邊嘻嘻呵呵地笑了出來。此時的她若是回身，會看見無人的餐廳，以及正在播放新聞的客廳，咪咪的房間、旭哥的書房、他們的臥室。旭哥與咪咪各自在自己的空間裡正忙，沒人知道她在廚房裡無聲無息地進行了一場毒物試驗。

她太高興了。

於此時此地，她對自己宣布，廚房就是她的天空、她的房間，她終於不再漂浮，找到自己落腳的地方。

*

生命漸漸地鮮活了起來。她的料理走向繁複，也手作麵包以及甜點，只要有食譜、有器材，什麼都不太困難。

疫情時刻食材來源不易，傳統市場是嚴重傳染區，而生鮮超市的物資瞬間搶空，即使匱乏不如一年前嚴重，當咪咪指定要吃上週出現的小松菜炒松阪時，超市的青菜種類已經全都換過一種。

離開公寓的阿姨很快將她拉進聊天群組，群組由附近幾區的市場批發商串連而成，只要直接在聊天室裡點菜並完成匯款，兩天後會有專人直送家門，管理室代收後協助消毒包裝，她戴好口罩下樓領取，不用十分鐘便重新填滿冰箱。

訂購幾次過後阿姨再次傳來訊息：「太太，你要是還有需要什麼魚貨也可以跟我說，我有朋友在做魚貨批發。」

「沒關係，」她打字回覆：「咪咪對甲殼類過敏，你也知道我們家不太吃海鮮。」

「太太其實我早就想說了，吃點魚沒關係吧？咪咪讀書辛苦，多吃魚補補腦啊。」

她沒聽過吃魚補腦的說法，但這個說法倒是不無道理。魚很營養，她想。自己太過沉迷於烹飪本身，關於食物元素的問題似乎還沒仔細想過。深海魚肉富含豐富的什麼什麼營養素，她好像曾經在哪讀過，沒有仔細背下。十七歲的少女咪咪將在明年迎來大考。於是她如過往那般給了阿姨千元預算，讓她隨意配些好處理的魚肉過來，試試水溫。

「魚就好了，蝦或蛤蠣不用，麻煩你。」

「沒問題！包太太滿意！」阿姨傳來沒什麼品味的貼圖，承諾冷凍鮮魚會在兩天之內連蔬菜一起送達。

她沒處理過魚。過去家裡只吃阿姨從市場買來的現成喜相逢。她開始找查食譜，煎魚似乎有點困難，她想，而且刷鍋子麻煩，或許能夠先從清蒸開始？她查好食譜，備好米酒、老薑與青蔥，等待食材送達。

在兩天後的早晨，食物箱準時被投遞於管理室中，她至一樓領取保麗龍盒，再次消毒以後在流理台上拆箱。

箱中包含她訂購的蔬果肉品——紅鳳菜、花椰菜、鴻禧菇、玉米筍、酪梨、番茄、雞胸肉、豬里肌。她逐樣清點確認有無缺漏，發現箱中不知為何多出一袋血淋淋的內臟。她拍照傳送至聊天室，阿姨隨後回覆：「太太不好意思，市場那邊裝錯啦！這袋豬肝就當成招待，我提醒他們以後更仔細一點。」

阿姨接著傳來豬肝的烹調方式與食譜數份。豬肝對女孩子好，補血。阿姨補充，一樣是拿咪咪說嘴。

她看著流理台上血水鼓脹的小塑膠包，從生理上感覺反感，好血腥，讓她聯想到沙漠裡啃食內臟的禿鷹。說什麼招待，根本就是製造困擾。

點開食譜，滷豬肝、蔥炒豬肝、麻油豬肝湯。今日午餐的湯早在昨晚便已燉下。評估過後，蔥炒豬肝大抵是最方便的一種。

她先將台灣鯛魚淋上醬汁擺上薑片放進電鍋，台灣鯛魚是改良或者改名後的吳郭魚，這是昨天查到的。蒸魚等到拿出電鍋再放上辣椒與蔥絲，確保蔥絲不會變色，這也是昨天查到的。

蔥炒豬肝食譜如下：

材料：豬肝、蔥一把、米酒酌量、地瓜粉半碗、蠔油、烏醋、辣椒

步驟：

1. 豬肝以清水洗淨，確認無血水殘餘。
2. 將豬肝切片，每片厚度大約0.5公分。
3. 蔥洗淨切斷，蔥白長度大約3公分，蔥綠長度大約4公分。辣椒洗淨切片。
4. 於豬肝片上淋上米酒一匙，抓勻。
5. 於豬肝片上倒入地瓜粉，再次抓勻。

6. 倒入油，大約是淹過豬肝的份量。開火熱油。

7. 油鍋大火燒熱後，下豬肝，隨即關火。將豬肝於熱油中浸泡大約10秒再撈起。

8. 將鍋中熱油倒出，再次開火，利用鍋面餘油拌炒蔥白、蔥綠，待蔥白顏色轉為金黃，下豬肝翻炒。

9. 倒入米酒、蠔油、烏醋各一匙，放入辣椒片，拌炒至豬肝全熟即可起鍋。

大致上，有了炸豬排的經驗以後，熱油、倒油的步驟都已不再使她猶疑。然而當已被熱油炸至四、五分熟的豬肝再次入鍋拌炒時，不知為何，臟器上的孔洞切面再次流溢血水。一絲一縷地滲出，就黏在肉塊表面上。這正常嗎？她明明在最初之時便已將生肝洗淨，食譜說：「確認無血水殘餘。」她確認了嗎？此時的她絲毫沒有印象，應該是已經洗淨了才對。或許這些血液藏於深處，蟄伏於肝臟的內在紋理，是受到高溫逼壓以後，才會流淌在她的平底鍋中。

食譜並未註明應該拌炒多少時間，也許將血水炒乾？她不知道，疫情復返的幾週以來，她與其他人們一樣誕生了全新人生觀。目前她關於烹飪的理念是，憑藉經驗不如仰賴直覺。直覺。這是過去的她極其反對的。總之，也許炒得再久一些，血水便會乾成褐色，藏身於醬料之間，大概。

*

餐桌上，今日菜色是蔥炒豬肝、清蒸台灣鯛、麻婆豆腐與蝦米高麗菜。配湯有洋蔥蘿蔔燉排骨，並且在上桌前額外放入咪咪最愛的香菇貢丸。四菜一湯，有魚有肉有菜，豬肝血水後來終於消失，她自己看上去還算相當滿意。

喊了旭哥與咪咪過來，他們上桌，咪咪看著豬肝皺起眉頭。

「這是什麼啊？」她在自己的位置坐下：「看起來好噁心。」

她愣了一下，這才想起，少女咪咪的成長過程中，她與旭哥確實不曾讓她見過豬肝。旭哥回答咪咪：「這是豬肝。」然後轉頭詢問她：「你怎麼會突然買這個？」

「我沒有買，市場那邊送錯了，說招待給我們。」

「他們很雷欸！」咪咪抱怨：「怎麼會有人想吃內臟啊？好髒。」

她皺起眉頭：「不要這樣講話。」她知道咪咪在離家的時間中學得一些粗暴的語言，但她從來不曾被那些語言冒犯。而此刻的咪咪在話語之中多出了一些什麼，似乎不太一樣，卻也說不上來。

「沒吃過怎麼知道好不好吃，你先試看看。」

「我不要，好噁喔。」咪咪說：「反正是送的，丟掉也不浪費吧？」

說著咪咪便自顧自夾起青菜，不等待她回應，擅自開始進食。

這孩子突然之間怎麼回事？她想。過去的咪咪是知禮的，因為她將她教育如此。在決定教育方針時，她向旭哥強調必須以溝通作為主軸。好好地說，不然就乾脆不要說。於是只要聽聞誰家的孩子國中時期經歷叛逆期，旭哥便告訴她：「好險你把咪咪教得好，不搞叛逆。」

咪咪是知禮的、是不搞叛逆的。那麼今天怎麼回事？是她哪裡的決定錯了才讓餐桌上的咪咪突然出現變化？她的決定沒有出過這麼大的錯誤。旭哥大概不知如何反應，或者他認為咪咪以及咪咪的情緒都屬於她的負責範圍，總之他討好地夾起豬肝，說：「媽媽那麼厲害，一定會處理得很好吃啊，台灣本來就有很多傳統小吃都是內臟嘛。」

旭哥夾起一片豬肝，有一滴暗紅血水落下，落在他面前的一碗白飯之上。沒人察覺。他一口咬下，緩慢咀嚼，隨後低頭研究起筷子上的半片豬肝。

他的神態猶疑：「媽媽，豬肝這個樣子是對的嗎？」

旭哥將咬開的斷面轉向她，她看見肝肉內層透出太過鮮豔的粉褐色，其中有些孔洞滲出深紅小點。在他將豬肝轉向她的同時，某顆孔洞的紅色小點先是悄悄擴散，再逐漸凝聚形成一粒新的血珠。新的血珠墜落在旭哥的飯上。

這一次，誰都看見了。

「吼呦爸爸你不要吃了啦。」咪咪幾乎是在尖叫。「我真的不敢吃，我覺得好恐怖，我們吃魚就好嘛，媽你下次不要煮這個了好不好？」

「好了好了，你不要那麼緊張。」旭哥安撫咪咪，而她沉默地把旭哥筷中的豬肝夾回盤中，將整盤豬肝端起，拿進廚房。

站起身時她聽到旭哥對咪咪說：「你媽會處理，你先吃別的。」

在廚房裡，她將整盤豬肝倒進垃圾桶，將盤子沖水浸泡。過程之中，水聲模糊了發生在餐廳裡的對話，那些話語流傳到廚房，有著被砂磨過的音調。

「爸你看，這個魚這樣是不是沒熟？」

「呃，好像是。你先不要吃，等下讓媽媽再拿去微波一下好了。」

「今天的飯好奇怪，媽怎麼了啊。」

「你別這樣說，她才開始學煮飯多久。解封之後我再請阿姨回來。」

「好啊。而且阿姨不來，我覺得家裡好髒。」

她沒想過家中清潔，一時之間無法反應。家中髒亂與今日的午餐有什麼關係？魚沒有熟，照食譜做，為什麼會沒有熟？她走出廚房、走出餐廳，直直地進入臥房，用力地把門甩上。

碰。

聲音很大，比預期的還大。她知道有些東西失控了。胸腔脹滿混雜陌生的情緒，糾結成塊、無從指認。她想不起來自己上次如此飽滿地感受到事物是什麼時候。憤怒誠然無比鮮明，然而還有其他的一些什麼，說不出來。

拿出手機，傳訊息給阿姨：「照食譜處理，但豬肝會滴血水。」

螢幕迅速轉為已讀，隨後跳出回覆：「太太對不起！我忘記提醒你啦，煮之前要先在鹽水裡浸泡一小時，可以把血水去乾淨，還可以去腥味。」

而她竟然無言以對，放下手機，看見床邊角落一球灰塵糾纏著落髮。

她並不是不管顧家中清潔。事實上，剛開始下廚的幾天內，因為沒有即時處理垃圾，廚房裡快速地匯聚起大量果蠅。

果蠅是那種，繁殖速度極端快速的生物。牠們存在的方式讓她聯想到吸血鬼——說不出從何出現、如何出現，總之當世界某處存在了牠們的食物，牠們便理所當然地出現於那個某處。

牠們飛動的方式極其安靜，一抽、一抽，像是漂浮，又像跳躍。比起蚊子蒼蠅，果蠅低調並且缺乏攻擊性。甚至，牠們只嗜甜的特性似乎有些討喜，彷彿鄰家小女孩。然而果蠅確實是無比惱人的生物，並且以驚人的速度進行繁殖。前一天才只見一兩隻，還以為是餘光殘影、眼花錯覺；後一天牠們便悄悄占據所有縫隙。當她走進廚房，轉開水龍頭準備洗手，突然之間飛蟲四起，盤旋眼前。

那幾天她總是小心翼翼地關緊了廚房的門，深怕果蠅同時也占據了公寓，幸好旭哥與咪咪似乎沒有察覺，或者只是沒有多說。

她搜尋到消滅果蠅的方法：在碗中加入洗碗精與果醋。這是陷阱，只需要靜置一旁，任由果醋的發酵氣味吸引果蠅，本能運作，果蠅會溺斃自己。

這個方法幾乎立即見效。她製作好了陷阱，隨後也製作好了午餐，等到人類的午餐食畢，陷阱裡已經浸泡了十一具果蠅屍體。十一具，她仔細數過。在她數數的同時，周圍又有果蠅落下。

她見到果蠅在自己親手設置的陷阱裡掙扎，當翅膀濕透無法拍動，便只剩下細足。果蠅在金黃色的液體裡，揮舞牠的細足卻無處著落，那股力道從微弱到停止不過數秒之差。這或許是她所見過最安靜、快速而且自然的死亡。

她製作的果蠅陷阱效果很好，只是後來才發覺徒勞：只要按照三餐扔棄食物垃圾，果蠅便會如來時那般毫無聲息地離開。

她消滅了果蠅，卻忽略了其他地方。她並不是不注意家中清潔，她只是沒有留意。

敲門聲響起，臥室門被打開，咪咪走了進來。

咪咪在床邊坐下，輕輕碰觸她的手背，由於咪咪垂著頭落下瀏海，她於是看不見咪咪的眼睛。這個不曾有過叛逆期的孩子在她的面前，用細小的聲音說：「媽，對不起，你平常煮飯照顧我那麼辛苦，我不應該隨便抱怨。」

她坐在床邊，面前是自己的女兒。她仔細地看著她。

曾經稚弱無知的咪咪如今一身少女神態，漂亮乾淨的樣子，還有一種氣焰於內在燃燒。突然之間她看得如此清楚——原來這便是老去，老去是咪咪的火焰燃燒了起來，而她正在逐漸熄滅。她想，原來自己已經不再年輕。

即使咪咪低著頭，她仍能看懂她緊張的表情，原本堵塞鬱結的胸口硬生生地流入一股暖意，那些無名的情緒化開，像是一口哽住的食物終於順利吞了下去。

畢竟還是從小乖巧安適的咪咪，是由她一手負責而成的咪咪。她抬起手，將咪咪垂落的長髮繞回她的耳後。也許自己當初的那些決定沒那麼壞，也許有些什麼已經改變。

「沒關係，」她對咪咪說：「你不敢吃豬肝沒有關係，是我不該發脾氣，對不起。」

咪咪抬起頭，眼眶晶亮，扁著嘴說：「我也要學做飯，我跟你一起做。」

「你看到豬肝滴血就要尖叫了，會敢切肉嗎？」她笑，反過手握緊咪咪。對她說：「明年就要考試了，不要在這些事情上浪費時間。」她是真心的。

「那等解封了，我們找阿姨回來，媽媽你一直煮飯實在太辛苦了。」

「好。」她向前，給了咪咪一個擁抱：「謝謝你。」

抬頭，她看見旭哥站在門口，臉上掛著微笑。她拍著咪咪的背，嘆了口氣，感覺世界如此安穩、踏實，平安而美好。

3.「對每顆水滴而言唯一且相同的海洋。」(哲學家德勒茲)

世界大疫在她慢慢適應它的時刻裡再次離去。豬肝事件過後幾個月，她於白日裡定期掃除，研讀食譜，成功地張羅了家中三餐，不再出現任何差錯。關於廚房，糖罐鹽罐湯勺飯碗，全都擺放在她喜愛的位置上。咪咪從進入教育體系以來便是個執著於分數的女孩，旭哥為她購齊線上課程所需的一切設備，而她對他們聲稱自己將會考上台北名校裡的法律學院。

她變得喜愛聆聽咪咪訴說的種種。

咪咪說，決定志向是受到返校學姊的啟發。又說，高三學長在兼顧課業之餘還自學吉他，讓她也想培養專長。話題自顧自地蔓延，上了大學，社團選擇非常重要，目前正在考慮投資社、文學社或者烹飪社，但是聽說，烹飪社的社費高昂。

「那是因為食材和器具都不便宜啊。」她告訴咪咪：「但你不用擔心這個，只要考上了，家裡當然不會讓你付不出錢。」

她仍然是那個，有權力進入女兒房間的母親；不同的是，她變成了那個，渴望進入房間的母親。她享受在咪咪房裡的所有時光。

咪咪是個好孩子，有主見、懂禮貌，更重要的是，她能感受到咪咪所蘊藏的一切時間以及可能。她竟然感覺到驕傲。這種感覺無比新鮮。

就在她幾乎忘卻過往的日子時，人們宣稱生活必須回到正軌，咪咪與旭哥於是再次消失在白日的公寓之中。其實，這期間不過只隔了四個月，一個季節。一個季節過後，她再次獨處於這間公寓。公寓明亮、寬闊並且安靜。這裡原本便是這樣安靜，她知道。但是原本那個漂浮於寂靜裡的自己，卻在突然之間不見了。

走向廚房，她為自己做了一份午餐，是最簡單的火腿蛋炒飯。

備料、洗菜、打蛋。飯是隔夜飯，硬度正好。中火快炒，大火收乾醬汁。

在炒飯完成之時，她才發現份量太多，一個人不可能吃得完。

看向時間，竟然不到十一點。

難怪自己並不感覺餓。

怎麼辦呢？她想。

將一半的炒飯裝進保溫盒，或許留著當成自己明日的午餐吧，她想。

但這樣的話，明日的她便又少了一件事情打發時間。她還是想。

總之開始打掃，打掃時她思索晚餐內容，冰箱仍然有著豐富材料。從整理廚房、洗曬衣服再到沖刷浴間。在主臥房的浴室完成洗掃以後，她終於成功感覺到餓。獨自坐上餐桌，將另外一半的炒飯食用完畢，洗碗，並且再次整理廚房。

再次整理廚房，沖刷另外一間浴室，拿出吸塵器吸過公寓裡每一片木製地板——每片地板，除了咪咪的房間。沒有咪咪的邀請，她與旭哥從不主動進入咪咪的房間。甚至在咪咪進入國中以後，她便允許咪咪擁有鎖上房門的權利。

「媽你好酷喔，」咪咪曾經這樣對她說：「我有同學，他們家甚至不准她把房間門關起來欸！」

而當疫情降世，導致她必須開始負責公寓清潔以後，她對咪咪說：「那是你的房間，請你自己負責。」當時的少女咪咪笑嘻嘻地答應了。

而如今的她，正站在咪咪房間門口。

曾經報名的才藝課程裡有過文學寫作班。某次閒聊，發覺講師與她竟然生於同年。當時的她對講師說：「你真厲害。我們同年，你都出這麼多本書了，我什麼都寫不出來。」

那位講師回答：「別這樣說，你的小孩那麼大了，小孩就是最好的作品。」

此時的她突然想起那位講師。她想，講師說的或許沒錯，或許咪咪便是她這一生中最好的作品。而既然咪咪現在必須回到學校，沒時間打掃自己的房間，那麼她進去打掃，也是合情合理。

於是走進咪咪的房間。

在咪咪的房裡，她將散落的提袋擺正、拾起書頁、丟去垃圾、清空地板，再將灰塵吸了乾淨。她並沒有搜查抽屜與書包，當然也沒有翻讀筆記本或便條裡的任何內容。我只是打掃，她想，我並沒有侵犯咪咪的隱私。

打掃過後，她走入一片潔淨的浴室，準備洗去身上灰塵。坐上馬桶時，她從自己擦拭過的純白大理石牆面上，看見霧玻璃窗的反光。在牆面紋路裡，霧玻璃閃爍出顆粒狀的虹光，像是星芒，各自有著不同的顏色。但當她回頭看向窗戶，窗戶本身卻僅僅投射出再普通不過的日光。

*

咪咪將自己反鎖在房間裡。晚餐時間已經過了，仍然不肯出來。

起因當然是房間。

她進了咪咪的房間，咪咪傍晚回家時便發現了，跑進廚房大聲質問她是不是進了她的房間。她一邊端出晚餐一邊回答咪咪：是，只是為了打掃，為了打掃才進去的，不是為了刺探隱私。

「這和你一直以來說的不一樣。」咪咪回答：「你不應該沒有經過我的同意就進到我的房間。」此時她們從廚房移動到餐廳，今晚的菜色是奶油焗白菜、金沙佛手瓜、香菜炒豆乾，以及滷牛筋。豆乾先用白水煮沸，再泡鹽水一小時以確保清除腐豆味。至於牛筋，她從下午便用慢火燉煮，慢慢地熬，每半小時攪拌一次。此刻的筋肉染上焦糖般的色澤，入口即化，並且散發出炒過辣椒的香氣。

她知道咪咪會喜歡這盤牛筋，因為多放了一條辣椒。

她告訴咪咪：「我只是為了打掃，進去以後才發現你的房間真的太亂了。東西都堆在地板上，這樣要怎麼走路？」

「但那也是我的房間啊！重點是你不可以隨便進去我的房間！」

「那家裡很亂該怎麼辦？」她走回廚房，拿出飯勺打開電鍋，將白飯裝入碗裡。咪咪隨著她的走動加大音量。我知道你很憤怒了，她想，以後不進去就是了，也不是什麼多大的事。

「你明明說過，我的房間我自己負責。再亂我也會負責啊！」

「要是你的房間髒亂到長蟲的程度，會影響的是整個家。這樣你要怎麼負責？」

「媽你不要太誇張，幾天沒掃怎麼可能會長蟲！」

「我還幫你撿了食物包裝，房間有食物當然容易長蟲。」

這時的她將添滿白飯的飯碗一一拿至餐廳，擺放在各自的位置。旭哥走進餐廳，時間算得正好，他自動自發地坐上主位，什麼也沒說，看上去心情還是很好。她知道他確實聽見了她們的對話。他只是向來放心，只要是她在負責面對咪咪，他便放心。至於她，她很期待今天的晚餐，從白天就開始期待了。

她與旭哥都沒想到——或許是她不夠專心，忘了專注於咪咪所以沒能察覺——咪咪的情緒竟然已經如此激動。她們當時在對話，是這樣沒錯，但她同時也在準備將晚餐上桌。更何況，不過就是房間，她知道旭哥肯定也是這樣想，之後不進去也就是了。

但是太過憤怒並且感到不被重視的咪咪展現了前所未有的叛逆。她用無比尖銳的音調脫口而出：「好啊這樣的話我知道了，等我之後考上大學我就搬出去，我不住在家裡你就不用擔心長蟲了，到時候不管我住在哪都不讓你進來，因為那是我的房間！」

她什麼都還來不及反應，旭哥已經起身，甩了咪咪一個巴掌。

旭哥說：「不准這樣跟你媽講話。」他或許沒留意到，她想，這是他第一次插手管教咪咪。失敗的感受湧上。

她第一次，在這個空間裡，感受到失敗。

至於第一次遭受體罰的咪咪，像是嚇得傻了，又像是氣憤到無言以對。總之一陣靜默以後，咪咪回身，快步奔向房間，將門甩上。

碰。

巨響過後是鎖門的聲音。咪咪將自己反鎖在房間裡。而她想，晚餐時間已經到了，這下該怎麼辦才好？

*

新的一日準時抵達，她在凌晨五點三十五分睜開雙眼。作息經過十多年的鍛造已經堅若磐石。秋日悄悄露出馬腳，天光亮起的時間逐漸轉慢，此時窗簾縫隙透進一絲一絲的灰藍色淺光，使房間看上去有著透明的質地。旭哥躺在她身邊，鼾聲響亮卻不至於吵鬧。她看著他的胸腔隨著呼吸起伏，彷彿終其一生都將是這種安詳寧靜的模樣。

昨日的旭哥，體罰了咪咪以後表情複雜。他與她二人，被咪咪棄留在餐廳之中，相對無語。最後她對他說：「先吃飯吧。」然後旭哥重新在自己的位置上坐了下來。

他夾起滷牛筋，對她說：「這很好吃。夠辣。」

她回答他：「嗯，咪咪愛吃辣。」

「她不應該那樣說話。」他說。

「我知道，我再教她。」她回答。

「她不喜歡，你以後少進她房間就是了。」

「我知道，我也這樣想。」

然後他們不再說話，旭哥本是話少之人，而如今的她一時之間，竟然也說不出話。他不應該插手她與咪咪，她想。但他確實是一家之主，她又想。哭聲遙遙傳進餐廳，旭哥表情僵硬，她伸手夾起一片佛手瓜。公寓裡，沒有人開口說話。

飯後，咪咪的房裡無聲無息，旭哥則讓客廳充斥著新聞的聲音。洗過碗盤，她決定去敲了敲咪咪的房門。

「咪咪，是媽媽不好。」她說：「以後我不隨便進去就是了。你可以出來了嗎？」裡頭似乎有些聲響，又似乎沒有。她等待了一陣才真的確定，回答她的仍然是一片沉默。

「咪咪，你沒吃飯不行，明天會沒有體力，媽媽幫你加熱一些飯菜好不好？」

咪咪沒有回答。

她想起了過去，曾經過分鬧脾氣的幼兒咪咪、暴躁到無法溝通的孩童咪咪，曾經數次被她剝奪溝通的權力。她會將她強制放進浴室，「反省區」，那也是育兒書上的說法。讓幼童離開事發現場，換個環境讓他們自主思考行為本身的對錯。浴室是她為咪咪設立的反省區。在反省區外的她曾經拒絕與咪咪對話。事實是，咪咪那時還太過困難於對話。

反省過後的咪咪曾經用力敲打乾濕分離的霧玻璃門。而此刻的她站在咪咪房門之外，非常突然地，在一切事過境遷以後，重新感覺到那位幼兒。

她想起自己的內心曾經有過的那片玻璃。

那片玻璃使她感覺漂浮、感覺隔離，不感覺到愛。

她竟然曾經無法感覺到愛。世上怎麼會有如此荒謬的事情？

此時此刻的她，臟器之中某個部位隱隱作痛，感覺直接而且強烈。是心疼吧，她想，因為女兒挨了打、因為女兒賭氣不肯吃飯。

她再次開口：「冰箱有炒飯，我去加熱放在餐桌上，你餓了就出來吃，知道嗎？」她停頓一陣，補充：「有什麼話用說的就好，不要賭氣太久了。」

咪咪依舊沒有回答。而過去的她並不知道，咪咪擁有這樣執拗的性格。

想到這裡，她翻身起床，盥洗速度一如往常，然後她走出臥室、走入餐廳。內心隱約感覺期待。

餐桌上擺有一盤炒飯、一盤青菜、一碗滷牛筋。全被粉色保溫蓋罩著，靜坐於中央。那是她在昨日夜裡離開餐廳以前，拿出保溫蓋罩住桌上所有重新加熱過的食物。

咪咪沒有出來吃飯嗎？

她走進餐桌，看見碗盤似乎有著被移動過的痕跡。於是她彎下腰，細細查看哪盤食物少了。她沒有準備太多，究竟咪咪動了多少？

看不出來。

碗盤彷彿曾經被挪移，又彷彿沒有。炒飯的份量像是偷偷地減少了，又似乎持續堆疊為一座小山。她無法判斷。

嘆了口氣，打開保溫蓋，她將桌上食物拿進廚房，倒進垃圾桶。放過一個晚上的食物，怎樣也不再能吃了。洗過餐盤，她如往常那般準備早餐。吐司放進烤箱、把蛋打散炒熟，餘油拿來煎培根，正好三分鐘。以及一碗木盆沙拉。一切妥當以後她離開餐廳，如往常那般呼喊咪咪起床。

「咪——」她開口，喊出了聲音。卻再無其他。突然之間有些猶豫，對於自己是否能夠提高音量。於是她走出餐廳、踏過客廳，終於再次抵達咪咪的門前。

喊出聲音後才發覺，這座公寓如此寬闊。

她的拳頭握緊，卻遲遲無法在門板上落下。這一扇門和昨夜一樣沉默。回過頭，身後是客廳邊上一整片的落地窗，當初選用的廠牌氣密效果極佳，什麼聲音都傳不進來。

窗簾已經拉起，此時天光轉亮，白色的、耀眼的日光灑落公寓四面八方，城市在玻璃以外縮成狹小一片，下方有公園、有綠樹，以及晨起漫步的行人。

這曾經會是公寓裡最平凡的一個日子，她想。曾經的咪咪需要起床洗漱、需要用餐，然後離開公寓。但現在已經不再一樣。

什麼東西不一樣呢？她還在想，或許是，一切都太安靜了。

一切都太安靜了，她這樣想。

這樣的安靜肯定是，連一顆蘋果墜落樹梢，她也什麼都無法聽見。

滿花

Flore Pleno

確定自己愛上他的那一天，她突然發起高燒，燒了三天。

燒退之後，她便極熱衷於向人講述這件發燒的事。用的永遠是相同的開頭：「我確定自己愛上他的那一天，突然就發了高燒，還燒了三天。」這個句子聽來盛大而隆重，就像是，當她的心為他發燙的時候，她的身體也有所感應一樣。

發燒是真的，她沒有說謊。只是隨著她的一再講述，事件變得虛幻而淺薄，幾個親近的朋友在聽了不只一次之後，終於忍不住刻薄地想：那又怎樣，最後還不是分手。

但其實，真要說起來，「愛上他」確實是個相對合理的病因，大概就連醫生也無法給出更好的解釋——她沒有鼻塞咳嗽，快篩過後確定不是肺炎流感，比起太累、體虛之類似是而非的說法，我們必須承認，愛情病聽起來確實是爽快許多。

醫生要她多喝水休息，開的藥是消炎藥。事實證明，那些藥在這三天之間一點用都沒有。這三天，她就只是全身發熱、頭昏耳鳴。

她感覺虛弱，而且相當喜歡虛弱的自己——彷彿自己需要被他疼愛、被他照顧。

而他也確實好好地照顧著她。

他是個熱衷於照顧的人，照顧的對象不限於她——家庭式公寓的各個陽台都擺滿盆栽，此外還養了一隻個性纖細古怪的三花，被他取名叫Lily tiger。那其實是一種花的名字，中文名叫卷丹，或稱虎皮百合。他說：這隻貓的花紋，看了就讓人聯想到這一種花。

Lily tiger叫起來繞口，為了方便，他經常簡稱貓「Lily」。

Lily、莉莉。但明明是公貓啊？她暗自想。他難道不知道公的三花有多罕見嗎？怎麼還取了這樣女氣的名字。比起來，她比較喜歡叫貓「Tiger」，貓不就是小老虎嗎？而且Tiger諧音「胎哥」，那隻三花身上略顯雜亂的斑紋，也有著幾分胎哥的味道。

他不在公寓裡的時候，她就喊貓胎哥。

「胎哥，」她溫柔地對不遠處的貓呼喚：「胎哥，你來這裡。」當然，在貓的世界裡，回應不是一件必須的事。就算聽到她的喊聲，貓有時過來有時不，導致她也不太確定，那貓究竟認不認這個名字。

先讓事情回到她的高燒，還有高燒以前的日子。

在發燒的三天裡，他們是這樣過的：他半點不怕被傳染那樣地擁抱著她、餵她喝水吃藥、拿濕毛巾替她擦汗，睡在她的身邊，幾小時就起床一次，確保她沒因為不知名的高熱而發生意外。

其實發燒能有什麼意外？真要說的話，唯一料想不到的，大概，是在第三天的時候，他們盡情地做了一場愛。

當她把這件事告訴她的朋友，朋友通常會皺起眉頭說：「他在想什麼？怎麼會跟一個正在生病的人做？」她們指責他不體貼，他們說原來他是這樣的人，難怪分手時這麼差勁。

其實不能怪他，她在心裡想。他並沒有強迫她。

事情的發展自然而然——她畢竟愛上了他，而他，他應該也是的。所以說，這樣相愛的兩個人，在彼此身邊躺了三個晚上，怎麼可能不做呢？至少，她沒有辦法抵抗這樣快樂的事。

那次的性，即使是已經分手的此刻，回想起來仍然讓她非常、非常的愉悅。關於這部分，她從來不曾告訴她的朋友，但那真的是最好不過的性了。她記得，在進入她體內的瞬間，他幾乎是脫口而出地說：「你好燙。」

她當然燙。因為他，她全身心都沸騰了。

那次高燒，與那場性愛，有著同一個滑稽的收場：不知道是怎麼搞的，保險套最後滑落在她的體內。他發現時手忙腳亂，笨拙地向她道歉，同時拿紙巾擦拭著從她體內流出來的精液。

「怎麼辦？你要我幫你拿出來嗎？」

「我自己來就好。」

她進到浴室，從陰道內部掏出了保險套——好險不是掉在深處。沖洗過後，兩人一起去公寓附近的藥局，買到事後避孕藥。

藥師告知他們：事後藥一個月內不要使用超過兩次，一年內不要使用超過三次，應該都不會有嚴重副作用；但只要有任何不適，還是需要立即就醫。他與她一齊點頭，溫馴地受教，再去隔壁的便利商店買了一瓶礦泉水，讓她把藥吃了下去。

事後避孕藥的避孕機率仍然不是百分之百。於是他們都有點緊張，他像是想轉換氣氛，又像是真心一樣地開口：「你知道最有效的避孕方式是什麼嗎？」

她沒有想過這個問題，當時的她還有些昏沉，只能努力撈出國高中健教課的記憶：「呃，男生去結紮嗎？」

而他似乎沒有預料到她的答案，表情愣住一陣，隨後才承認：「可能是這樣沒錯。」但他要說的不是這個：「但女生吃事前藥再用保險套，應該是更方便的做法。」更方便是什麼意思？是因為跟他動手術相比，讓她每天吃藥可能更、更無痛一點嗎？她在心底思量，他希望她去吃事前藥嗎？

而這件事好笑的部分在於，她那消炎藥怎麼也除不去的高熱，在吃下了事後避孕藥的一小時之內，就退得無影無蹤了。

＊

朋友們聽聞她曾因為他吃過事後藥，無一不表達對她的心疼，或者對他的責罵。事後藥很傷女生的身體啊，他不知道嗎？她們說，男生爽過之後，代價是女生在承擔，這有合理嗎？這樣的男人，分了也好啦。

面對她們，她表現得像是個無知的小女孩。「就第一次交男朋友嘛，」她對她們說：「我學乖了，以後不會再找這種的了啦。」

女孩們都知道事後藥傷身，而且有副作用。她一向準時的經期因此亂了兩、三個月，痛經症狀明顯加劇，頭痛腰痠，還有易感的經前症候群，全都找上門來。於是一個月裡有一週以上，她會因為太過虛弱，尤其地需要他的照護與陪伴。而他，或者因為本來就是個有溫情的人、或者因為自責，也總是表現得格外窩心——不過這個部分，她就沒對朋友們講述了。她喜歡她們把他說成惡劣的人。

但是其實，這顆小小的藥丸在她的身上，還額外產生了一個秘密作用，那是一則誰也不會發覺的念頭——在下一次經期到來以前，她總是無法不想像：他與她，會不會即將擁有一個孩子？

她才二十歲，還在學，懷孕可不是什麼好事，這些她都知道。但出乎意料地，她並不是真的很排斥「有他的孩子」的概念。天啊其他人知道了會怎麼說？他們沒有錢、沒有學歷也沒什麼工作經驗，她的父母可能還深信著她到三十歲前都會是個處女。可是——所有理由都敵不過這個可是——他跟她的孩子，肯定會是世界上最可愛的孩子啊。

就算是從最科學的面向說起，他們都擁有纖瘦高挑的身材，以及雙眼摺的大眼睛：她是小狗垂眼、他則是桃花眼。從兩人的五官比例來說，孩子不管像誰都能夠好看。就算是她那對嚴厲的父母，見到這樣一個討巧可愛的孩子，真的可能不把態度軟化下來嗎？

那一陣子，她在餐廳、捷運或者假日的校園裡，只要見到孩童，幾乎是身體反射那樣地，鼻腔自動滾出讚嘆：「嗯……喔，你看那邊，好可愛喔。」她撒嬌著對他說。

儘管他通常也都同意：那確實是一個可愛的小孩。但她依舊小心翼翼地保護著她的秘密，自從進入大學以後，她就發覺，在她的同儕之間，「擁有一個孩子」似乎是件太過時而古板的事。經常可以聽到朋友說：我不想要小孩。

「為什麼呢？」她有時會追問，但人們的理由總是各式各樣的。

「助教你會想要小孩嗎？」她也問過他，那是在大學的課堂裡，他們在一起之前的事。

「不想吧。」他對台下一整班的學生說：「我覺得，承擔生命是很可怕的事。」他想得好深啊，她相當崇拜：確實，有了孩子就要承擔一個生命，這樣龐大而慎重的事，在此之前她怎麼會都沒考慮過呢？

在此之前，在和他一起之前，她沒思考過的事有很多。而她愛他的一點，大概是他什麼都會、什麼都想到了：他是她的課程助教，帶著她（當然還有她的同學們）閱讀西方各種社會學理論，凡舉性別政治、民族論述、現代化、全球化與新媒介，他都侃侃而談，他引導她（與她的同學們）開口發表意見，再逐一告訴他們：你這樣的思維邏輯，從哪個向度上來說，想得不夠深入。

她花了許多心思在這門課，期末拿到讓朋友們都不敢相信的高分。但那時候，她跟他真的是清白的，他們甚至是到了學期結束前的最後一堂課，才在教室外單獨說上了話，他說：「以大一來說，你的表現非常好。」

她回答他：「謝謝助教。」那樣地拘謹、客氣。

事情在那句話過後的三個月才起了變化，大學上到第二年，她終於慢慢學會晚歸——以前家裡有門禁嘛，但現在什麼都不用顧慮了。當時的她偶爾在外，和朋友玩樂到十一、二點，就覺得自己活得真是叛逆。每次結束行程，走在返回宿舍的道路上，胸口經常帶有一種緊，腳尖輕盈踩過地面，再也沒有誰能夠管住她，原來是這種感覺。

她是在這樣的感覺之中再次遇見他。他正蹲在巷口，離她的宿舍大約是一個街區的距離，看起來像是從旁邊的便利商店裡買到了罐頭，正在餵食校園附近的虎斑貓。

她靠近時他警戒地抬頭，對上眼，兩人沉默幾秒，隨後她尷尬開口：「呃，嗨，助教好。」

他挑眉，左手拍拍大腿站了起來，一旁的虎斑因為他的動作頓了一下，很快又再次低頭舔拭罐頭裡的肉泥。

「要回宿舍啊？」

她點點頭，不知道要說什麼，同時注意到他的手上還有一罐啤酒。察覺她的視線，他把酒拿起，晃了晃酒瓶：「研究生是很苦悶的。」

她不知道要說什麼，盯著他看，而他只是笑，隨後打開啤酒，問她：「你要喝嗎？」

那是她第一次喝酒。

隨後是第一次外宿以及第一次做愛，全都發生在同一個晚上。

第一次做，痛當然是痛的，但他很溫柔、時時確定她的狀況。相比起痛或者舒服的感受，她最深刻的印象竟然是保險套的觸感，當他問她：「還可以嗎？」她其實正昏沉沉地想：「有一層橡膠在我裡面摩擦，感覺好怪。」

她當然不是這樣回答，還可以，她喘著氣告訴他。就算她喝了酒，而且正在經歷人生中第一次性愛，但她認為自己可能算有這方面的天份——途中她甚至試了一小陣子在上面的姿勢，當她移動的時候，他發出低沉的呼氣聲。

事情結束他們一起沖澡，他為她吹乾頭髮，把她抱在懷中。在熄燈以後的一大片黑暗裡（他們剛剛是開著燈做的），世界彷彿只剩下一張陌生的床。她聽到他說：「第一次就能做到這樣，你很厲害。」

不知道該回答什麼，她喃喃對他說了句謝謝便陷入沉睡。關於這晚，她最後的記憶是，隱隱約約地，房門外似乎有獸爪劃過地板的聲音——因為當時是第一次來到他的公寓，她沒能認出Lily tiger的腳步聲。

那晚過後，她就不再是那個，會因為接近午夜才回宿舍而感到興奮的人了。

*

這段關係剛開始的時候，她的密友們警告過她：順序錯了。

她們說，沒有承諾就先做的話，會被男生當成砲友的，或者講得難聽一點，肉便器。

她耐心聽著她們的說法——哪個女的怎樣地沒把持住，變成哪個男的趁手好用的性愛工具。她在故事的高潮部分用力吸氣，搖搖頭感嘆男人都是只求方便不願付出的爛東西。

但其實，她知道，砲友也沒什麼關係。真正的事實是，在她看來，他與她，就算只有性本身，也都已經夠好了。

當然，每次發生的當下，她依舊能夠感受到陰道裡頭那層塑膠套的存在，但似乎也沒有別的辦法，當時的她瞞著那些密友，沒課時就去公寓找他，有時則是他換證進到她的單人宿舍。地點在哪裡都可以，她不堅持。他們甚至嘗試了校園裡一些比較難被發現、但還是可能被發現的地方。那很刺激，他有次對她說：「在外面的時候，你好像會特別緊。」

身體的體驗這麼好，她讓他占去了什麼便宜嗎？幾週以後的某一天，他依照慣例正在她的體內，突然間他停下動作，問她：我們要不要就在一起？她點頭、說好，然後他繼續動。一切都結束以後她才很遲鈍地想到：這樣的發展，似乎跟那些朋友們講的不太一樣。

迷迷糊糊地同意在一起的那天，她還沒有愛上他，至少，當時的她愛與他一起的性，大過愛他本人。但若真要說起那個「愛上他」的時刻，她倒是可以迅速地從記憶中指認。

也是一個在他公寓裡的早晨，她一絲不掛地在他的床上醒來——有時是會這樣，做完累到懶得清洗，只好放任自己沉沉睡去。性是她最好的安眠藥與按摩器，效果之優秀，以至於隔天醒來，她都能清楚感覺到自己的身體，內臟、骨頭、肌膚，裡外與一切，全都被安放在最正確的位置。

那麼一個肉身鬆散的早晨，她甦醒，在他的床上做了一些簡單的伸拉，才開始傾聽門外的動靜。浴室沒有水聲，那大概是在客廳。她套上睡衣走出房間，踏出房門的那一刻，迎面便看見他坐在客廳裡的長沙發中央，剛好彎腰將 Lily tiger 抱進懷中，輕柔地對貓吐出句子：「來，來爸爸這裡。」

老公寓的晨光是白黃色的，像是把整間房屋都套上一層濾鏡，她聯想到IKEA的全彩廣告：空間之中全部事物都已經就緒，就等著某個人開始走動，只要當那人開始走動以後，事情會不多不少地圓滿起來。

貓在他的懷中發出呼嚕嚕的聲音，他身穿白色吊嘎，抬頭望見穿著睡衣的她，開口：「我忘了你今天的課是什麼時候了，你等等有要去學校嗎？」

而她答非所問，她對他說：「我覺得，我可能發燒了。」

*

燒退以後不久，他陪她去了一趟婦產科，請醫師開事前避孕藥給她。

他沒有要求她吃藥，是她自己願意，她是想，如果他認為這是最方便有效的做法，那也沒什麼好不同意的。他帶著她做了功課，知道了事前藥雖然也可能會有些副作用，但不至於傷身，甚至，可以有調經的附加功效——雖然她的經期向來準時，倒是沒有這方面的需要。

所謂副作用，諸如反胃、情緒不穩或者快速發胖，像是抽籤，有些人有、有些人沒有。

踏進醫院前，她突然就緊張了起來，而他安撫她：「沒事的，每個人的體質都不一樣。只是有機率，你不一定也會這樣。」她點點頭，沒事的，她複誦他的話：沒事的。

事前藥必須連續吃七天才會開始在她體內生效，女醫師掛著眼鏡，沒有刁難也讀不出眼神裡有著什麼樣的情緒，總之是行雲流水地開好了藥。而她總覺得，從小到大不管是什麼診，只要輪到她，診療速度就特別快。

雖然他曾說，最保險的避孕做法是她吃藥他戴套，但在七天過後，他倒是再也不曾戴上保險套。家中用不完的那一些，到分手那天都還擺在抽屜裡。

不過關於這點，她沒什麼意見，他說不戴套的感覺差很多，她也同意。少了那一層橡膠薄膜的觸感，確實讓他們變得更好。竟然還可以更好，她不可思議地回味：竟然可以？

真正比較讓她困擾的事情，倒不是什麼副作用（她猜自己中了基因樂透，沒發胖也不嘔吐；至於情緒不穩，她就算沒吃藥也稱不上是情緒穩定的人。）而是，因為不戴套，他的精液就這麼留在她的體內了。

一從床上起身就感受到液體的滑動，導致她很難不去想像，那些稠白精液，內藏有數千萬隻精子，在她內部竄動的畫面。那個活在想像中的、相貌可愛的小孩，隨著他一次次內射，已經變得無比具象，甚至擁有鮮活靈動的相貌。不知怎麼搞的，她認為他們的孩子將會是個男孩，她甚至能夠看見男孩的每一個成長階段、聽見他開口對她說話。

「媽媽，我餓。」

就像這樣。多麼稚嫩清脆的嗓音。

「媽媽，我餓。」

她低下頭，發現 Lily tiger 正繞過她的腳，細毛與體溫搔過腳踝。

「嗯？餓了嗎？」她問。

「嗯，我餓。」

她輕輕撫過貓的脖子，微笑地盯著小貓翹高的尾巴，從沙發中站起身，拿起貓碗，倒入飼料。貓飼料粒粒落入碗中。而他每次射精以後，在清潔時，她坐在馬桶上收緊陰道，精液緩緩滑落，在她的想像中，精子也是一顆一粒的。

聽見他對貓自稱父親的那一天，就是她的愛發生的那一天。隨後她也開始自稱是貓的母親。她會對Lily tiger說：「好了好了，媽媽弄飯給你吃。」或者在她正忙著完成課堂報告時，經常對貓說：「去找你爸，媽媽現在沒空理你。」

貓當然是不聽的，常常她越是忙著打字，Lily tiger就越是調皮，牠的掌心隨意壓過鍵盤，或者乾脆就躺了上去。

「啊！你看你兒子啦。」她對他抱怨。

「你寵出來的，這我也沒有辦法。」他笑嘻嘻地回答。

不得不說，她對Lily tiger的確是寵愛極了。沒辦法，和貓變得親近實在很有成就感。

剛來到公寓的那陣子，Lily tiger光是嗅到她的氣味就藏著不肯現身，最初幾天，她甚至沒發現這個空間裡有貓（但也可能是那陣子她忙著跟他做愛）。隨後則是逐漸閃動的身影，一坨毛球、從書架狂奔到衣櫃；但從某一個時刻開始，Lily tiger開始願意窩在她的腿間瞌睡，向她討摸，或者對她鬧起脾氣。她也逐漸養成逛寵物店的習慣，買來各式肉泥、玩具，探索牠的喜好與品味。大概是從那時候開始，他經常會對她說：「你要把Lily寵壞了。」

她才不管，她愛他，隨之也愛上了貓。她的愛如此強烈，以至於她開始能夠聽見貓對她說話。

貓說：「媽媽，抱我。」

夜裡和他做愛，她開始堅持要他把貓留在房間之外：「兒子盯著看，你怎麼還做得下去？」

「你以前就不會在意。」他邊抱怨邊把門帶上。

她以前不會在意，因為以前的 Lily tiger 還不是他們的孩子，她還聽不懂牠的話語。但隨著她的愛越來越深，那些語意越發明晰、確定。她對他說，以前是以前，現在是現在。

Lily tiger 當然不會同意被關在門外，牠抓門抗議，偶爾也會叫出聲音，當他在她體內移動時，她聽見房門外的牠說：「爸爸、媽媽，你們在幹嘛？讓我進去，我也想要進去。」無奈之下她只能中斷性愛，把貓給抱了進來。

幾次以後，變成男人不滿意。偏偏她不敢告訴他真正的原因——誰叫他不肯相信一切神秘學，塔羅牌、星座、人類圖或者 MBTI，要是她對他說自己聽懂了貓的叫喚，他只會認為她辜負了國家對她的義務教育。

最後她對他說的是：「讓牠一直叫，會吵到你室友啦。」

在他最暴躁的那次，他低吼著回答：「那又怎樣，你平常叫那麼大聲就不怕吵到我室友了嗎？」

＊

她能清楚說出自己愛上他的那個時刻，卻始終不能真的確定，他們的愛情是從哪個階段開始崩毀。可能，他抱怨她叫床太大聲的那次、還是忘記與她約定好晚餐的那次，又或者是因為論文壓力太大，放任自己喝到爛醉在客廳吐得到處都是的那次。

有過一個說法：如果說「曖昧期」，指的是兩個人明知要在一起但還沒說破的階段；那情侶們在分手前，通常也會有個「反曖昧期」，那則是兩個人明知道要分手但還沒說破的階段。

她和他的反曖昧期，不長不短，大概拖了半年。

「大概真的不行了」，這樣的想法出現在宜蘭一家民宿的床上。那次她拖著他出門，規劃好所有行程，找好交通方式與住宿地點，確保每家餐廳都有四顆星以上的評價。她對他說：「在外面做的話，就不用擔心貓會偷看了。」

「本來就只有你會擔心。」

途中他們沒有吵架，儘管兩人都有一點累、有一點疏離，但他們努力著維持氣氛和諧，略帶緊繃的融洽延續到了夜裡。民宿浴室有著一座大浴缸，他們全身赤裸浸泡其中，熱水滑過他的皮膚再流向她，室內黃光充滿挑逗的意味。她甚至準備了快樂鼠尾草的沐浴精油，據說是有著催情的效果。

果然，在水裡，他的手自然而然地游到了她的身上。在這次之前，他們已經超過三個禮拜沒做了。怎麼會這樣？兩人在一起才不過一年半的時間。去年此時的他們，活得像是一對發情的猴子。還是兔子？熱愛交配的動物好像是兔子。

但她急忙甩去這些想法，要開始了，只要他在她體內，美好的感覺肯定就會回來了。她轉身，與他接吻，將他的手放上自己的乳房，聽見自己的喊叫在水氣蒸騰的浴室盪出回音。然後他們離開浴室，躺上潔白大床，他伏在她的身上，濕髮滲出水珠，一手逗弄著她，另一手，她不知道他那手在幹嘛。

她有點困惑，按照他們的慣例，這時候他早該進入她了才對。她於是低頭，才發現他的另一手正握住自己的陽具，來回搓動。

他硬不起來，她想，這倒是第一次。

幾乎是出於直覺地，她伸出了手，握住了他。讓她來總是比較好的吧？至少她是這樣以為。而他沒有讓她揉捏太久，很快便推開她的手。

「可以了。」他說，聽上去有點冷漠，但她還沒能分辨他就已經進入。他們先正面、再背面，動了一動、她叫了幾聲，接著他便完成了他的射精——當然依舊是射在她的裡面。

事情結束，他倒向床的一邊，她也翻身躺下。兩人陷入一場沉默。

「你要先去清理嗎？」他問。

「好。」她回答，但沒起身。

「最近我除了要趕畢業還有實習，男生壓力大的時候就會比較缺乏性慾，這你應該知道吧？」

「我知道。但剛剛還是很舒服。」

「那就好，我也是。」

她起身回到浴室，浴缸中的洗澡水沒有放掉，還是暖的，鏡面上的水蒸氣也來不及散去。她對他說謊了。剛剛的性無聊透頂，但她想他們都心知肚明。

*

那是他與她的最後一次做愛。

從宜蘭回來後，他越來越少回到公寓。剛開始，還會傳訊息告知：「今晚我睡研究室。」後來連訊息也沒有了。

因為見面次數太少，他不知道那天她忘記吃藥，她忘了。這真荒謬。

為了那一晚，她特地去做了全身蜜蠟除毛，還加購護膚，甚至提前預約好了去角質與油壓按摩。簡單來說，她什麼都準備好了，偏偏，就是忘記吃藥。

「吃事前藥，還可以吃事後藥嗎？」把問題丟到google上，除了跳出一些醫療網頁，還會出現許多論壇的討論文章，那些討論通常幫不上忙，匿名的網友群起嘲笑發問的女人如此愚蠢：現在會怕當時就不要貪圖一時爽快，忘記吃藥那就恭喜當媽媽。

找不到什麼正經答案，她自暴自棄地不想管了。懷孕就懷孕。

日常依舊，沒課的日子，她就窩在他的公寓，和貓說話。

「胎哥你覺得，我會不會真的懷孕了啊？」

「你懷孕的話，我想要一個弟弟。」

「什麼弟弟啦，不要亂講話。」

如今的 Lily tiger 雖然變得親人，卻還是一樣脾氣古怪，有時明明一切都好，牠偏偏要鬧出一點情緒，伸出貓爪，接連幾次抓傷她。

她破口大罵：「你這麼壞，難怪你爸都不回家！」

「他是因為你才不回家！」貓通常也不甘示弱。他們就這樣，在他的房間裡一來一往，彼此對罵，但氣消了以後，她還是認份地拿出貓草零食或罐頭，拍拍貓的屁股，聽牠從胸腔發出呼嚕聲。

兇孩子沒有意義，她對自己說。下腹部莫名地感覺脹痛，不會真的中獎了吧？她還記得幻想中那張孩子的臉，如今，即使他們的性與愛情都已不再樂觀，那個孩子依舊是那樣剔透玲瓏。

夜裡她把貓抱到床上，一手捂著腹部，一手撫摸貓毛，對牠以及腹中的孩子哼唱曲調：快快睡、我寶貝，窗外天已經黑；寶寶睡、乖乖睡，真美好的一天。

天亮的時候，張開眼，看見他就坐在床的旁邊。

「我們談一談。」他說。

因為逆光，他的表情連同五官都顯得模糊。這就是傳說中的那個談一談嗎？她不太專心地想，其實也該是時候了。

從床上坐起身，她留意到貓被他抱在懷中。

「我先去刷牙洗臉。」他點點頭。

在浴室中，冷水讓手臂竄出雞皮疙瘩。她沒有拖延時間的打算——這沒什麼意義，她懂。盥洗速度依照慣例，刷牙、漱口，這間浴室擺有她的毛巾、牙刷以及洗卸保養品，分手之後都要清空了吧？她奇怪自己似乎並不真的感到難過，正好這支牙刷也該換了，乾脆就丟掉好了。

把牙刷丟進垃圾桶、把臉擦乾，她踏出浴室，坐上床的另外一側。

見她坐穩，他開始了他的演說。

「事情很複雜，但我們相愛一場，我還是想好好面對。」他是這樣開始的。

他們對未來的想像從來就不同步、他不相信婚姻，也不想要小孩，繼續下去也只會耽誤了她，他不是不愛她，但他想她也明白，他們要的東西太不一樣了，再這樣下去兩個人都不會快樂的。

「更何況，我們一直是太不同的人了，」他說：「看不見彼此要的是什麼。」

她恍惚地聽，聽他的句子依照順序飄散空中，伴隨光線下的那些懸浮微粒，氛圍浩浩蕩蕩。他說她看不見什麼呢？她看見窗台上擺有一盆重瓣玫瑰，正開出鮮豔的紅色。花是什麼時候開的，她記不清楚了，周圍的植栽都呈現出枯萎暗黃的狀態，只有那盆花獨自盛放，看上去很不合時宜。

噢，她接著想，好像是她的錯。他不在家的這段時間，她遲遲沒幫他的植物澆水，關於植栽據說是有這麼一回事：當植物被放置在缺光或者缺水的環境中，以為自己要死的時候，會將所有養分都集中在花苞上——那是本能，因為快死了，於是需要拚盡全力開花結果，繁衍生命。

那株重瓣玫瑰也是這樣嗎？她想，因為知道自己瀕臨生命邊緣，才趕在死前花枝招展大鳴大放嗎？但是明明，重瓣花是觀賞用植物，只能扦插，沒辦法自行授粉繁殖的啊？

「所以就這樣吧，我們。」他終於總結。

她回過神，不確定自己為什麼突然在意起重瓣玫瑰的問題。她看不見他要的是什麼，那她看得見自己要的是什麼嗎？

「嗯。」她應聲，聲音聽上去不太自然，於是乾咳了幾下：「我今天就可以收完我的東西。」

「好，我等等會去學校，晚飯過後才會回來，你慢慢收。」

在他們說話的時候，Lily tiger 就在他的懷中，溫馴安詳、動也不動，完全看不出是昨天毫無理由突然劃傷她手臂的那隻怪貓。雙面鬼、愛裝乖，她在心中恨恨地罵。

*

把紙箱搬回自己的房中，空間體感上竟然有點生疏。進門時，在櫃檯當班的年輕男生還笑咪咪地詢問她：「自己搬東西嗎？今天男朋友沒有一起來啊？要不要借推車？」她搖搖頭，這位櫃檯一直以來話都太多了。她接著回想，明明換證換到櫃檯的人都認得他，似乎也不是多久以前的事。

她沒借推車，也沒在櫃檯多停留，快速地抱著紙箱回到房間，紙箱一落地，Lily tiger輕巧地探出頭，四處張望嗅聞，帶有警戒地叫了一聲。

「噓。」她說：「不要發出聲音，會被發現的。」

貓沒理她，自顧自地探索起了全新的空間。

事已至此，他仍然可以說是相當體貼，離開前特地拜託室友去幫她張羅幾個紙箱，並告訴她：東西太多就不要自己搬，叫計程車，車錢他會出。

但是，儘管交往了將近一年以上，但公寓裡她的東西其實比他們兩人想像的都要少很多：衣服與書加起來也就是一紙箱的程度。至於其他細小雜物，她沒多想地全都丟了。

梭巡在他的房中，確認自己沒有遺漏什麼的時候，貓出現在面前，告訴她：「媽媽，我想吃飯了。」

這也是最後一次了吧？她想，畢竟牠是他的貓。就在她按照慣例倒出飼料時，她突然問貓：「你爸上次餵你吃飯是什麼時候？」

貓不理她，唏哩呼嚕地吞嚥飼料。而她突然知道了，關於自己要的是什麼。趕在後悔以前，她已經快速地貼好第二盒紙箱，丟入幾個牠愛的玩具，趁著貓吃得歡快，連貓帶碗地裝入箱裡。

「我們要幹嘛？」

「噓，你乖，媽媽不會害你。」

平時難搞的貓，今天倒是很好說話，沒什麼異議地安靜下來，跟她一起坐上計程車，穿過城市，進到她的房中。宿舍當然是禁養寵物的，於是剛剛在櫃檯，她多麼害怕牠發出聲音。

她的房間面西，在正午過後，西曬強光直直照進室內，幾乎是太過強勢地把空間鍍上一層金色的光膜。這樣的色澤幾乎、幾乎就是她愛上他的那個早晨。當時的畫面她還歷歷在目，心中卻只剩空乏，腹部傳來一陣悶悶的痛——原來只要一次失敗的性，就可以把過去所有美好都覆蓋過去了嗎？當時，明明所有一切都讓她如此躁熱，明明，她為了他發了一場為期三天的高燒啊？

愛情正式死去的這個日子，她始終沒有哭泣。我應該算表現得很好。她甚至可以說是有些自豪地想著，關於自己如何不吵不鬧、冷靜節制。只是，在回到房間的此刻，出於某種執著，她想要確定這樣金黃燦爛的陽光是在什麼時刻中全數散去，於是她獨自決絕地站在入門處，雙眼瞪向窗外，瞪到眼中出現眩光，還是不願移動。

窗外風景是大學廢棄的老舊校區，以及大片草皮，更遠之處還有高架捷運。捷運一班又一班地駛過，天色終於完全暗去。貓對於她的僵硬似乎沒有太多意見，自顧自地展開探索又結束探索，於新環境中很快便選定自己喜愛的角落，窩下以後和和美美地大睡了一場。

她一路站到天黑，直到手機鈴聲從口袋傳出。貓被吵醒後睜開了眼睛、發出抗議的微弱喊聲，而她掏出手機。

是他打來的。

「喂？」

「你把貓帶走了？」

「……」

「幹，你把貓帶走幹嘛？莉莉是我的貓，你是搞不清楚狀況還是有什麼毛病？早上不是都說清楚了嗎？你到底想怎樣？是想拿貓威脅我嗎？」

「這一陣子，都是我在照顧牠，如果沒有我，牠早就被你餓死了。」

「馬的要不是你住在那裡，我也不至於都不回去好不好？」

「你可以因為我不餵貓，就可以因為別的理由不餵貓。我不放心把胎哥交給你。」

「胎你媽，跟你說過多少次，牠是莉莉。你不是住宿，宿舍不能養貓你當我不知道嗎？小心我去檢舉你。」

他們不是沒吵過架，她也不是沒聽過他出口傷人，但這樣強烈且濃重的惡意她卻是第一次感受。而 Lily tiger 像是透過話筒聽見了他的聲音，從房間的一端走向她，輕輕柔柔地叫了幾聲：「喵嗚。」牠說。

在貓的叫喚下，她終於結束自己的站立，順著牆滑坐地面，空出來的手摟著小貓。至少牠還在這裡。

「幹，我聽到莉莉的叫聲了。你把貓還來喔，不然我就去報警，我也是沒在怕讓場面變得難看我告訴你。」

「你是啞巴嗎?靠,講話啊?」

她沒開口,她講話從來就講不贏他,但她不會把貓還出去的,她想。牠已經成為了她的孩子,不是他的——在不太久遠的記憶裡,他們確實有過一個孩子,那孩子秘密地生活在她的腦海中,面目清晰、表情生動,如今的她卻只剩下胎哥陪著了。當時的自己,是否為那孩子取了名字呢?她小心翼翼、守口如瓶地把孩子藏在心底,因為孩子的父親並不想要小孩。

終於,她想起了她最後的問題,於是問他:「可以再跟我說一次嗎?你為什麼不想要小孩?」

電話那端罕見的沉默了一陣,沒多久,她聽到他說:「操,操你媽的賤貨。」然後他掛掉電話。

腹部還是絞痛,腿間傳來濕熱觸感,她低頭看見裙襬上染出暗紅血漬。是月經,月經來了。

好險,好險她沒有懷孕。可是對不起,她對腦中的男孩說:「對不起,媽媽沒有懷孕。」糊掉臉孔的男孩看不出表情，她無法確定他是否接受了她的道歉。

她將衣裙褪去，拿進浴室裡轉開水龍頭，經血在清水中暈出紅褐色痕跡，很快便被水流沖洗乾淨。Lily tiger在她腳邊踱步環繞，偶爾被水花濺到，閃躲不及就對著她咪嗚咪嗚地喊叫。

「噓，小聲一點，會被隔壁發現啦。」她對牠說。

話說出口的剎那她才想起，從今天踏入房門那一刻開始，她便不再聽懂Lily tiger的語言了。

貴子

我與佑德的事情，起於一個謊。謊的開頭是一句話。

那句話，我是這樣對他說的：「你的年紀跟我兒子，沒有差到哪裡。」話就這樣被說出口了，連自己都感到相當意外。

在腦中，預計要說出口的該是這一句：「你的年紀，當我兒子也不會有問題。」這句話就對了，要是我說了這句，我與他之間就不會開始於一個謊。

在我看來，佑德確實是個孩子，而我，我若是有個像他這樣的孩子——這樣的年紀、這樣的相貌、這樣的性格，並不是一件可疑的事。問題是我沒有。但眼前這個孩子已經開朗傻氣地把話給接了下去，他說：「不可能吧，美怡姐那麼年輕。」

我說：「早就不年輕了，兒子都大學畢業好一陣子了。」

這是我的第二個謊。

後來這個話題潦草收尾，畢竟那是佑德第一天到職，我們說著一些交際的辭令。櫃檯外側，一個梳著低馬尾的女孩靠近，要取包裹。我坐在螢幕後方，確認了女孩的房號，叫出系統、讀出包裹編號，佑德則是起身離開座位、走向儲貨區、找到包裹，遞給了那個女孩。

我沒能記住宿舍大樓裡每張女孩的臉，儘管例會時，上頭經常宣導，要同仁們盡量記牢固定進出者的長相。他們總是說：「學生都想偷帶人進來，你們把他們的臉給記得越清楚，這種事情就越好防範。」

這裡確實是個有著許多規範的地方。

訪客至多停留到十二點，需要換證。物品借用也需要換證，十點過後吸塵器不開放外借。雖然提供包裹代收以及退貨包裹暫放服務，但不提供其他種類的物品寄放。房中禁用明火，一樓有間公共廚房，烹調方式允許蒸煮烤，但煎炸炒不行。一間房提供一台冰箱，其他高電壓電器在房中則全數禁止使用。

在佑德到職的那天早晨，我把規定一條、一條地告訴了他，除了手冊上的內容，還教導他儲貨間的編碼方式，以及登記換證的標準流程。

那天的他問我：「學生如果要帶同性回宿舍，然後都一起進出的話，那我們不是會很難抓嗎？總不能每個同進同出的人都要核對身分吧？」

沒錯，會有點難，我告訴他。兩人同進同出的話，只要一人刷門禁卡即可，這就是上頭要我們盡量記住學生面孔的原因。

「要是記住了，發現常常獨來獨往的人，身邊突然多出一個人，那就可以攔下來檢查一下。」我說：「有時候，也會有人表情看起來特別心虛，那種通常也是違規。」

佑德笑了起來：「用看就看得出來嗎？現在的大學生也太不會做壞事了吧？」

我說：「哎，畢竟都還是小孩子。」

後來我察覺，「現在的大學生」，是佑德經常掛在嘴邊的說法，像積極地想表明、強調自己不再是大學生了一樣。在這當中，我的謊也一個接著一個地來——我們聊起各自的家庭，當然也偶爾提到我的兒子。方便起見，我對他說，那孩子現在人在美國，大學畢業後出國攻讀碩士，順利的話，之後打算在外地工作一陣，三五年內不會回來。

「哇，姐你這樣不會很想他嗎？」
「孩子大了總是會離開家，也沒辦法。」
「你很偉大，之前我超過兩個月沒有回家，我媽就差點把我殺了。」

佑德從小生長於台南，或許是刻板印象，但我總感覺，南部孩子說起話來就是帶有一些質樸老實的味道。我與他同值的時間不少，足以讓我確知他乖巧聽話，儘管年紀輕輕不找正職，整天跟我一起坐在櫃檯，八成是成不了什麼大事——但話說回來，這樣或許也就出不了什麼大事。這樣挺好。

「我媽超會情勒。」他對我抱怨，然後定期回家。而我如果真的是位母親，有著這樣一個孩子，或許也就足夠了。

如果我真的是位母親，我忍不住想：希望我的孩子待在台灣就好，沒事不要跑去什麼澳洲美國。

＊

但我終究不是誰的母親。

回想起來，並不是沒有機會成家，當然也曾有過男人，對我說出類似「我想和你有個孩子」之類的話。但過程之中，我似乎總缺乏了一點什麼，因為那樣的一點缺乏，男人離去、去和別人成婚生子，而時間久了，我也成了現在這樣。

現在這樣很好，對於生活，我沒太多好抱怨的。即使賺得不多，也已經足夠好好過活。隨著資歷夠深，排班時我經常可以避開大夜，像是今天：午班從兩點值到十點，時間到了我和下一班交接確認、打卡、換掉制服、走出大樓，走向下午停放機車的地方。

前方路上一個女孩，她摟著身旁男孩的臂膀，或者，幾乎就是掛在男孩的身上。大概是不趕時間，這對情侶移動得很慢，我從後方逐漸超前、繞開了他們。擦身而過時，我認出那個女孩，她住四樓，社會系的學生。至於那個男孩，他一週來訪三次以上，跟我換過幾次訪客證。李胤辰，我甚至記住了他的名字。

社會系女孩在夜裡，和她的情人黏黏膩膩，朝著宿舍的相反方向移動——

她今晚不會回來睡了。看著她沒半點走路的樣子，我想起佑德與我虛構的兒子。

佑德必然也，無論是過去、現在還是未來，必然也跟某個女孩談戀愛吧？剛出社會、半大不小的他，是不是依舊享受著，和女孩走在街上，彼此勾搭的樣子呢？我想肯定是的，男孩子，誰不是？要是我真有兒子，有個女孩願意在路上這樣牽他的手——我皺皺眉頭，眼不見為淨吧，看不到就沒事。

今天我與佑德一起輪值，在他工讀時間結束前五分鐘，房號２６７的女孩來櫃檯借吸塵器。因為這個女孩，佑德打卡離開之前，笑嘻嘻地問我：「姐，你看過這麼多大學生，會不會累積出一點面相學？就是，你應該看到人家長相，就知道人家個性怎樣了吧？」

我知道他想說些什麼，剛剛那個２６７頂著一頭挑染，錯雜金色與淺藍，太長的瀏海覆蓋過無力的眼神，身穿大件的破洞上衣，覆蓋太短的牛仔短褲。大概是下班前心情不錯，佑德從儲貨間拿出吸塵器後對她說：「同學，頭髮很好看喔。」２６７愣了一下，沒給出什麼反應，點個頭，拿著吸塵器走了。

八成是有些自討沒趣，佑德走回櫃檯，坐回我旁邊的座位，隨後才向我問出了面相學的問題。這個問題是場測試，我知道。佑德不是充滿惡意的人，他溫和、也不複雜，但即使是他，依舊有著自己的機巧；在此刻，他才不真的關心誰的面相，他只是想要知道：像我這樣的中年女人，會如何評價那樣打扮的學生。

事實上，有時我確實能夠區分。

有一群大學生，他們有著相同的樣貌——並不一定外型惹眼，或把頭髮做成誇張的樣式或者顏色——在那些孩子之中，不乏打扮平常，甚至相貌討好的人。但他們共同擁有著一張心不在焉的、悲傷惶惑的臉，看多了，也就懂得辨認了。

不管是公司例會或者大學住宿組來溝通的時候，上面的人經常說：「多加留意行徑反常的學生。」近年校園自殺案越來越多，房間死過人，傳出去，不管是對公司還是對學校，總是不好聽。

但他們說的「留意」，究竟要留意什麼呢？我看見了，我總是看見——這麼多年，我從櫃檯後方辨認出孩子們那張共同的、哀愁的臉，但認出了以後，他們已經轉身。偶爾會聽聞，哪位同仁在頂樓攔下一些少年少女，在這種情況下公司會額外給予獎勵，可我從來不曾做到。

我回覆佑德的問題，我說：「我當然有我的面相學，像我一看就知道，你這種小男生，最會討阿姨的喜歡。」他被我逗得哈哈大笑。

我喜歡和佑德說話、開著隨意的玩笑，彷彿是我使他聯想起自己的母親。佑德言談之間經常提起她，在他口中，那是個嘮叨、有著不嚴重的控制慾，並且踏實的女人；與此相對的是，隨著佑德的工讀時數越來越長，我兒子，我虛構的兒子，他的形象也越來越完善。

我告訴佑德：那孩子生於深秋、十一月中旬。（他打岔：「天蠍座對吧？姐我跟你說，天蠍座的人很專情，是很好的星座。」）

大學念的是機械工程。(這樣他之後當工程師會賺很多錢誒，你好幸福，不像我媽只養得到我這種小孩。)

談過兩次戀愛，高中一次、大學一次。

「現在呢？出國就不談戀愛了嗎？不會很寂寞嗎？」

「現在他天高皇帝遠，我也不知道。」

「什麼啦，你不會問他嗎？」

「少來，你談戀愛會告訴你媽？」

此時佑德再次露出賊兮兮的笑容，表情像是問我懂不懂面相學那樣。他說：「我媽才不管我，她大概覺得，我不要把女生的肚子搞大就好了。」

我拿起桌面上的租約資料，往他頭敲了一下，告訴他：「這種事情要小心，搞大女孩子家的肚子是很嚴重的事，不要隨便拿來開玩笑。」

他說：「喔姐你不用擔心，我不會啦。」

*

騎回家的路上，我想著佑德隨口說出的話。我想，他母親說得不無道理，要是我真的有個兒子，或許真的就是這樣——只要別搞大女孩子家的肚子，其他怎樣，似乎都沒關係。

要是我的兒子真的存在，性教育不知道是該由我來負責，還是交給他的父親？兒子讓男人來教，似乎比較方便——但男人，他們可靠嗎？

如果我是一位母親，我還連帶會是一位妻子，常理說來是這樣吧？但在年少時期我所遇見的那些男人，如今都只剩下一道模糊的輪廓，在記憶中共享著一張相似的臉。

這麼說來，佑德從沒問過我的丈夫，或者我的婚姻狀況。我腦海中浮現出阿標的臉——還是不要比較好，我對自己說。方便起見，下次我該告訴佑德，在孩子十二歲那年，我與丈夫離婚了，監護權歸我，前夫在中部開工廠，另外組織了一個家庭，每月支付我和兒子定額的贍養費，直到孩子大學畢業。

如果佑德問起來——我想應該不會，他沒那麼失禮——但如果他問了，我離婚的理由會是什麼呢？外遇似乎太聳動又太常見，還容易引起過多的、不必要的同情。但還有什麼合適的離婚理由？還是，還是乾脆讓丈夫死了算了。

機車騎過我的日常路段，在高架橋下，夜間路燈讓四周的行道樹看上去彷彿都裹上了一層膠膜，葉面閃爍暗黃的光，光線隨著行徑速度被拉長，像是水流滑過我的身旁。有時我便故意向前多騎一段，騎到河與橋出現面前，過橋時我把速度放慢——天氣若是足夠晴朗，會能夠看見月亮懸在河面上方。擁擠的市區在夜間的水邊，似乎開闊得有些不合常理。

過了這條河，就離開城市的中心了。

我的公寓就在身後，不至於要過橋，但我喜歡河邊吹起的風，或許是因為多了水氣，那和騎車時刮面的風觸感不太一樣。大河似乎比誰都先留意到季節的轉變，於是在過河的時候我才察覺：印象中最忙亂的九月開學才剛結束，秋天卻轉眼就要過去了。

為了去河邊，我多騎了一段，然後再折返，回到快速道路下方的老公寓裡。我在門前找好車位，走向轉角711。還沒進門，已經看到阿標在窗邊的座位裡等我，替我買好了一罐黑麥汁。

「今天比較早嗎？」我問。

「嗯，今天路比較順。」阿標回答。

阿標和我，說起來有些微妙——我們不曾真的把事情講好，但要是依照佑德或者大學孩子們的定義，阿標或許可以算是，我的男朋友？我有時會被這個想法給逗樂。這把年紀了，學人家交什麼男朋友。

但我和阿標，我們知曉彼此的生活作息、定期見面——甚至可以說是每天見面——偶爾，要是阿標多買了一罐啤酒，我能讀懂他的暗示：結束那杯啤酒以後，他會與我一齊上樓，我們會在我的公寓裡做愛。

我對阿標的情感與公車有關。

距離我的公寓不遠，就在高架橋下，有一區末班公車停放處，我偷偷地稱那個地方為「公車睡房」。

我對「公車睡房」有著說不出原因的濃厚興趣，只要是結束在十點的班，下班後我幫自己安排的行程是騎向河邊、感受大風，然後折返回到公寓，抵達公寓的時間接近十一點。在這個時段裡，公車司機開始將公車一輛一輛地駛回，他們停好車，留在車上進行例行檢查。隔著車窗，可以見到司機們於車廂內部走動的身影，檢查結束後司機們熄燈、下車、轉身離去，留下龐大的公車融入一整片的黑暗之中。

我喊這個地方「公車睡房」，因為從旁邊看來，這確實就是一段邁入睡眠的過程。

夜裡，從河邊回來以後，我經常坐在轉角便利商店靠窗的位置，看著每輛公車各自迎來專屬於它們的睡眠。當確認黑暗完全降臨，所有車輛再也不動，才心滿意足地走回公寓、上樓、清洗自己，躺在床上，感受自己與樓下的公車們一齊睡去。

至於阿標也在的那些日子，他的雙手滑過我已經鬆弛的身體，我會想像他握緊方向盤的指節，好奇他是不是用著和現在一樣的力道拉手煞車。

*

阿標是一位公車司機，並也曾是一位父親。

第一次見到阿標，他從他的公車走下，走進商店以前，隔著玻璃，和我對上眼神。他隨後跨過電動門，從架上拿起貼有即期貼紙的飯糰、飲料，結帳後在我身旁的位置坐下。

他對我說的第一句話是：「我看到你在看我的車。」

後來我們的時間要是能夠對上，阿標偶爾會讓我走上他的公車，他做例行檢查時，我就坐在第一排的單人座位上，轉頭同他說話。我很喜歡這一件事——無人的、靜止的、沉默的公車，幾乎像是一間碩大的課室，而走動在座位之間的阿標，則是在教室裡巡邏的老師。

才認識沒有多久，一次在他的公車裡，阿標沒什麼脈絡地告訴我：「我的兒子，兩年前，在美國，讀碩士的時候死了。」

當時的我與阿標，已經發展成了偶爾做愛的關係。有做的日子，他會在我的公寓留宿，於是我的衣櫃裡放有幾件他的衣物，浴室裡多了一雙拖鞋、一支牙刷。

在阿標這樣開口以後，便時不時地對我提起那個男孩。他說孩子不壞，就是脾氣硬了一點，也不愛講話，從小就跟他不親。孩子的媽呢？一次我問。跟人跑了。阿標回答，臉上沒有什麼表情。

孩子聰明，會讀書，輕輕鬆鬆就申請到留學獎學金，沒怎麼跟家裡拿錢就出國去了。

「這樣在國外很辛苦吧？」我問阿標。

阿標說：「可能是這樣，才會把自己給弄死了。」他說的時候，臉上還是沒什麼表情。

把自己弄死，跟校園裡那些大學生們一樣。

阿標的兒子名叫聖齊。除非提到聖齊，否則我和阿標聊天，更多時候是我在說話，阿標只是聽。前些日子我告訴阿標：宿舍來了一個年輕工讀，很活潑的一個男孩子。

像是阿標提到聖齊那樣，我也告訴阿標許多與佑德有關的事，我說這個男孩懂事乖巧，而且孝順，常常和我聊到自己的媽媽。

我說：「不知道怎麼搞的，這個小孩以為我有一個兒子。」

我沒有告訴阿標，佑德會這樣以為，是因為我說了謊。阿標曾經給我看過聖齊的照片，一次趁著阿標睡著，我拿了他的手機，把聖齊的照片傳給自己。照片裡的男孩蓄有瀏海，眼神羞澀，笑起來的時候，嘴角弧度和阿標很像。

我沒有告訴阿標，僅是那張照片，我就能認出聖齊的那一張臉，在校園裡，每年至少會有兩到三個這樣的孩子，他們各自挑選不同的建築，把自己從頂樓丟下。有一段時間，宿舍大樓是他們相當偏好的選項。

阿標不需要知道這些，他也同樣不需要知道，我拿到這張照片後，告訴佑德：這是我在美國的兒子，他十九歲的時候，是長這個樣子。

「哇噻美怡姐，你兒子很帥欸。」

「是這樣嗎？」

「對啊，他是像媽媽吧。你們的眼睛好像。」

我偷了阿標兒子的長相，也偷了阿標兒子的故事——十一月生、讀機械工程、談過兩次戀愛，都是阿標對我反覆訴說的事。某些時刻我的確感覺愧疚，但更多時候，我忍不住想：或許對阿標來說，是我的謊讓聖齊在世界上的某個地方繼續活了下去。

我虛情假意地對阿標說，佑德誤以為我是一位母親，我不是沒有想要澄清，但總是找不到機會，現在誤會得好久了，如果再解釋，也顯得很怪異。

阿標回答：「他會這樣以為，是因為你很適合當人家的媽媽。」

我愣愣地看著他，他沒有再多說什麼。但是他的眼神，讓我想起自己第一次走上他的公車，從第一排的單人座位向車後望去，這個中年男人不知怎麼地，顯得非常瘦小。

*

佑德說，接下來兩個月，想多排一點班，大夜更好，因為大夜有加給，他想多賺一點錢。

我問他：「怎麼了？最近錢花比較凶嗎？」

「沒有啦，跨年要到了，我想存錢慶祝。」

「啊，是想趁年假帶女朋友出去玩嗎？」

佑德笑得節制，可是他的笑容帶有幾分竊喜而得意的味道，像是謀劃的什麼終於得逞了一樣。

孩子總是喜歡在背地裡展開計畫。

宿舍的訪客門禁時間是午夜十二點，於是在十一點五十分左右，有大量的女孩從房間裡送出自己的男友，換回證件後，他們兩兩成對、在門前的空地上離情依依，逗留著擁抱、親吻、難捨難分。

這時值班的櫃檯人員有著一項重要任務：確認訪客登記簿與監視器畫面。只要是有登記的訪客，都還相對容易處理——有些訪客時過午夜尚未離開，這種情況通常只是忘記時間，而會忘記時間的來訪者，通常都是男孩。標準處理流程是從登記簿中找出住宿生資料，撥號提醒。要是無人接聽，再上樓敲門。要是超過半小時訪客還沒離開，便記下一次警告，累積兩次警告，住宿學生將被強制退宿。

需要我們上樓提醒的狀況不太常見，通常撥號過後不用太久，便能看見女孩帶著她的男孩出現在櫃檯，男孩領回早前扣留的證件，然後離開。

他們一齊在做些什麼，導致忘記要留意時間，並不是一件太難想像的事。有些時候，年輕情侶甚至會兩人一齊濕著頭髮出現。看著男孩匆匆離去，濕髮散亂狼狽，有時我會想：規定確實不近人情，讓他吹乾頭髮再走能怎樣呢？誰也不差這十分鐘啊。

但比較麻煩的，則是沒有登記的那些訪客。有些孩子生來樂意挑戰規則，他們或許是趁著櫃檯人員離席時混入，或許是從地下室的樓梯繞開櫃檯，我不確定年輕學生玩出來的把戲機關。但是總之，每年總是有些孩子能夠找到這棟大樓的破口，她們嘗試將外來者塞進自己狹小的單人房間，共同度過夜晚。

若是按照流程，確定換證訪客全數離去以後，夜班的櫃檯必須叫出每一樓層的走廊監視器畫面，仔細檢查進出者，確認每房間只有一人出入。

例會時，有位郭先生，對於大學生挑戰規定的行為尤其深惡痛絕，他經常強調：「不要只檢查大樓裡的異性。同性留宿我們也不允許，各位千萬不要以為大學生有多單純，同性留宿就是在亂搞同性關係。」

教導佑德值大夜班的檢查流程時，我轉述了郭先生這一段話，我對佑德說：「但我們檢查走個形式就可以了，同性關係就同性關係吧。抓到這個，對我們也沒什麼好處。」

佑德嘻嘻笑著說：「美怡姐，你該不會支持婚姻平權吧？這樣很開明喔。」

婚姻平權或不平權，甚至於婚姻本身，對我而言都太過遙遠。我沒有什麼可以回應，但佑德意外地有些執著，想把這個話題繼續下去：「那姐你看得出來，哪些女生是好朋友，哪些女生是蕾絲邊嗎？」

他口氣裡的尖銳讓我愣了一下，對他搖搖頭。我沒辦法。

幾乎是在一瞬間，我回到了大學的現場。是有過一個我喊作小妮的女孩，聲稱她愛上了我，曾經年輕的那個我——小妮是個怎樣的人？記憶充滿陷阱從不可靠，我想，小妮與過去的我或許曾經親密，但她的愛到底如何發生？是我無意之間做了什麼？還是，我其實是有意地做了什麼？

我記得她擁有明亮蓬鬆的髮，也記得她在說愛我之後不久的未來，迅速地結婚生子，兒子出生才沒多久，她把自己和兒子一齊從住處頂樓給拋了下去。

數十年來，我盡力不去思考她的死和自己的關係。她說她愛我，那會是什麼意思？從她的愛到她的死，中間究竟距離多遠？佑德，事情已經過得太久，我什麼也無法回答。

*

佑德對我說，女生宿舍的違規留宿情形已經算是很少見的了，如果在隔壁男宿進行突襲檢查，大概半數以上的單人房，都是住了兩個人。他說得肯定，我感到有些意外。

「真的啦姐，男生要搞同性關係，比女生大膽多了。」

最近，因為佑德的班排得多，經常要到隔壁大樓支援。他說，他認出一些男學生的臉孔，發覺他們經常伴隨著不同的同性進出宿舍，卻不曾在櫃檯停留換證。

「那你要抓來檢查啊？」我不可置信地問。

「喔抓了也沒用啦，他們有很多招可以閃躲。」

我皺著眉頭，盯著他看。說不出來是因為什麼，但談到男生宿舍，佑德的神情有些不一樣。

才過不到一週，佑德收到了投訴，被大學宿舍輔導組主任約談。原因是午夜前夕幾個住宿生帶著訪客來到櫃檯，要換回證件，但櫃檯無人。她們等待許久，擔心錯過末班捷運，沒有換回證件就先去搭車了。

櫃檯怎麼會沒有人？大學生據理力爭：我們付的房租，難道不包含管理保護義務嗎？要是錯過末班車，或是臨時需要證件，當中的損害賠償誰來負責？

我告訴過佑德，這間大學名聲響亮，學生也都不好招惹。他們當然都是腦袋聰明的，與此同時父母也有錢有權，不怕鬧事，應對上要尤其小心。過去幾年，我常常看誰弄一個不好就上了新聞。

佑德有時是迷糊傻氣，但也老實，怎麼那天就突然不在位置？

「我去隔壁棟支援，」佑德回答主任：「他們說五樓臨時有狀況，怕櫃檯長時間沒人。我是接到分機電話才過去的。」

主任馬上打電話給當晚值班的隔壁棟櫃檯——我記得那個名字，印象中，同樣也是個半大不小的男孩。那個男孩的聲音隨著手機擴音迴盪在辦公室，情緒聽上去幾乎沒有起伏：「當晚五樓有兩個鄰近學生發生糾紛，我去處理，怕一時半刻回不來，所以請A棟櫃檯隨時支援。糾紛事件當晚就處理完了，有留下報告書紀錄，有需要可以調閱。」

掛掉電話，主任嘆了口氣，沉吟一陣後說：「算了，這次就這樣吧，學生那邊由學校來處理。」然後他看向我：「但值班人員的訓練應對麻煩再加強一點，下次再發生，也只能呈報處理了。」我點點頭，向主任道謝，帶著佑德走出辦公室。

事情不對勁。我知道，佑德也知道。

隔壁棟櫃檯說的是，請A棟隨時支援，他沒有要佑德直接過去。需要支援的標準程序是在櫃檯留下隔壁棟的分機電話，我們接到電話再過去處理即可。在佑德到職當天，我就告訴過他了，他沒有理由忘記。

「姐對不起，」佑德低著頭：「我知道我不用過去那邊，你有說過，但那天我不知道為什麼就忘了。」

佑德在說謊，我看得出來。孩子說謊時心虛的表情，其實相當容易辨認。

於是這晚我告訴阿標，佑德這兩個月多排了一些大夜，我不放心，想說跟人多換幾天大夜班，就當作是顧著他。

我語帶抱歉：「所以最近遇到的時間可能會比較少了。」

阿標點點頭，依舊沒有多說什麼。我和他分享大學生們混入宿舍的新伎倆，像是兩人一齊進到大樓裡，一人拿著學生證登記借物，另一人手持門禁卡；櫃檯人員忙著去取物，根本來不及檢查，另一人已經先行躲進電梯裡了。

「我們總不好每次都再特地上樓，要兩個學生都重新出示證件，所以也就只能算了。」我問阿標：「他們怎麼就這麼不肯遵守規定呢？」

阿標搖搖頭，答不上話。他沉默地在商店座位上喝光了自己的啤酒，我們上樓、輪流洗澡、上床，熄燈以後他熟悉地翻身，開始撫摸我的身體。卸下了彼此的睡衣，我感覺他的手指動作緩慢、呼吸撒在我的頸脖之間。很突然地，阿標悶悶地說了一句：「你不要太擔心孩子。」

「你說什麼？」我問。

「那個男孩子。佑德。」阿標說：「你越操心，他們走得越遠。」

我摸過他灰白錯落的髮，告訴他：「佑德不是聖齊。」

他沒有抬頭，聲音埋在我的胸口，他說：「我知道。」

然後他便不再多說，我們接吻，以及碰觸。

自從第一次見到阿標的身體，我就察覺，我與阿標的性，和大學生們濕著頭髮從房間中慌忙奔出的性，並不是同一件事——我能用指甲劃過他肚皮上散開的皺摺、看見他皮膚上的斑點；而他，關於我們二人的衰老，必然也是有所意識，才會在第一次插入以前，猶豫地問我：「還需要嗎？我說，套子？」而我從床頭櫃中翻找出潤滑液，遞給了他。

確實是不需要。三年前，月經離開了我。而此刻的阿標在黑暗中，將潤滑液倒上我的肚皮，冰涼而滑膩的，像過去的每個夜晚那樣地探進。

我喜歡與阿標之間的性。我們並不常做，或許幾週一次。但當他進入並且移動，我似乎能看見公寓樓下、那些已經安眠的公車：白天時鈍重地橫過城市、引擎吃力地排出廢氣，外觀斑駁，卻仍堅持著行走。

行走、行走。

當一切結束的時候，阿標將精液射在我的肚皮上，液體匯聚在肚臍落陷處中央。

有次我對他說：「直接射在裡面也沒關係的。」

阿標回答：「我怕你不好清理。」

「沒事。」

儘管我這樣說，阿標仍然不習慣內射。他是個溫柔的人，當他取過紙巾擦拭我的肚皮，我知道，無論如何我們都無法擁有一個屬於自己的孩子。

*

最近的佑德心情總是很好。年底很靠近了，他說，世界在這個時候總是會多出了一點節慶的味道。年底會很冷，我告訴他，而且現在才剛十一月。

「天啊姐，不要潑我冷水啦。」他說：「十一月不是你兒子的生日嗎？剛好美國那邊有感恩節假期吧，他有沒有要回來啊？」

我不知道什麼是感恩節假期。驚慌湧上，必須努力維持鎮定。

「沒有啦，」我告訴佑德：「機票很貴，他也忙。」

「蛤，但美國那邊的感恩節不是都要跟家人團聚嗎？他不會很想你喔？那他上次回來是什麼時候？你不是很想他嗎？」

太興奮的佑德突然失了份際——他不曾像今天這樣，對我的個人私事猛打窮追。我想念我的兒子嗎？在佑德眼中，我是一位受思念所苦的母親嗎？因為說了這一個謊，我必須安排好丈夫的死亡、竊取兒子的長相，但在一切之後，才發現自己唯獨沒有準備好兒子上次返家的具體時間，現在的我應該表現得多想念他？一個母親，她要多思念離家的孩子才是剛好恰當？

「很久了，我想不太起來。」

話一出口，佑德眼中浮現一種複雜的眼神：困惑、憐憫，可能還有點憤怒？我不確定。趕在他開口以前，一個全新的謊脫口而出：「跨年，跨年的時候他就要回來了。」

「他機票都已經買好了，我們上次通電話的時候他講的。」

「喔！所以是趁聖誕假期的時候回來嗎？這樣也滿好的欸。」佑德擅自解釋，自顧自地點頭：「也是啦，兩個節日那麼近，選一個回來就好了。」像是對我兒子感到滿意了一樣，他終於專心回到自己手邊的事。佑德正在確定系統上的收租狀況，租金在每月五號確認收齊以後，需要由我們手動印出發票，投遞到每位學生的信箱中。

而我，我感受到自己加快的心跳，以及血液湧上臉頰的熱氣。我沒有說過這樣的謊——關於我所虛構的兒子，他擁有聖齊的長相與經歷，似乎總是只存在於過去。過去的事件我只需要訴說、只需要確保故事的細節沒有破綻；然而現在，他卻即將參與我在兩個月後的未來。我應該計畫什麼嗎？年底的我是否不該排班？我該告訴佑德我要帶兒子去哪裡玩嗎？我該帶兒子去哪裡玩？還是，排班也是可以的呢？我可以說，兒子就在家中，等著我下班？

*

我終於還是空下了除夕那天的班。同事們沒有人多說什麼，沒有同事期待我在連假時排班。我告訴佑德，我想帶兒子去看１０１煙火，雖然從小在台北長大，但是他不曾親眼看過跨年煙火。

「蛤，怎麼會這樣？」

「因為他是個不愛出門的孩子，」阿標對我說：「書很多，不在家的時間很少。」

但其實，沒人確定聖齊不愛出門是不是天生。確實有過一次，在年紀還小的時候，聖齊曾經問過阿標能不能去朋友家跨年，隔天早上就會回來。

「那時的他上國中了嗎？」我問阿標。

「印象中還沒。」阿標回答。

就算年紀還小，男孩要出門過夜，也沒有什麼不可以的吧？阿標隨口就答應了，隔天清晨照樣出門跑車，出門的時候，妻子和兒子都還各自安穩地沉睡著，他放低了盥洗的音量，離家時小心翼翼把門帶上。跨年連假從傍晚開始有交通管制，阿標說：「我記得，那一年我是開早班，大概下午就可以結束了，我答應妻子，那天晚上留在家裡陪她。」

於是那天，天還沒黑阿標就到家了，到家、開門，家中如預期地空無一人，妻子還沒回來。午後冬陽從廚房的窗台照進屋裡，讓他看見飄浮在空氣中的懸浮微粒，他覺得世界安靜極了，像是世上所有的事件都不再存在了那樣。

「這種感覺很奇異。」阿標說，他感受到睡意湧上，以及些許的性慾——他與妻子，在當時，已經很久沒有發生關係了。妻子是個愛乾淨的人，沒洗澡不准上床，於是阿標忍住疲倦，將自己從頭到腳清洗乾淨，順便在浴室裡射了一次。等一切完成、換上睡衣，才重重地栽進床裡。

「我幾乎是在碰到床的瞬間就睡著了，」阿標說：「我不知道為什麼會這麼睏。」

如此無邊而且深厚的睡眠，在一個人的一生裡，幾乎只能體驗一到兩次。那一天的阿標體驗到了。他像是終於掙脫了意識的捆綁那樣地睡著，等到再次醒來，天已經完全暗去，妻子在身旁大聲地哭喊、用力地搖晃著他的手臂。

「怎麼了？」他問，聲音沙啞濁重。

阿標花了一點時間才搞清楚狀況：傍晚時妻子回到家中，見他在睡，便跑去買了聖齊愛吃的披薩可樂。因為距離新年不過幾個小時，城市的人們正如火如荼地進行著狂歡的準備，妻子在披薩店等了很久。

「前面還有很多訂單喔？」店員詢問。

「沒關係我可以等。」妻子回答。等待之時，妻子想像著聖齊看到披薩的表情，想像著三人一起守在電視前、迎接新年的畫面。但沒想到，妻子領回了三人份的晚餐，孩子卻依舊沒有到家、丈夫睡得那樣深沉，幾乎像是死去。

妻子嚇得不輕、哭個不停。

弄清楚一切經過的阿標，忍不住笑了出來：「兒子今天不會回來啊，」他對妻子說：「他去同學家裡跨年，你不知道嗎？」

妻子確實不知道。阿標不明白這是怎麼回事，向來跟自己不親近的聖齊怎麼會沒有詢問他的母親？阿標說：「男孩子在外面過個一夜，隔天就回來了，沒什麼好擔心的。」

「哪裡？」妻子問他：「他在哪裡過夜？」

阿標被問倒了。他不知道。

妻子將眼淚收回，她是氣得不再哭泣；還是尖叫到哭不出來？事情過去太久，阿標也不怎麼記得了，總之那晚，她和他爭吵了各式各樣的事，最後妻子逼著他打給兒子的同學——因為不曉得聖齊去了誰家，阿標只能從學校發下的家長聯絡本裡，一個號碼、一個號碼地打。

「請問我的孩子，梁聖齊，你知道他在哪裡嗎？」

連續幾通電話以後，聖齊便坐著同學家長的車回到家中了。當時距離午夜，還有好長一段距離。

回到家的聖齊看著父母、看著紛爭發生時被掃落的種種物品，以及在餐桌上冷掉的食物。他說：「哇，是披薩，我好餓喔。」

從此以後，阿標便鮮少聽聖齊提起離家之事。他的母親在他十五歲時離開，聖齊卻總是好好地在家，就算到了大學，依舊留在同一座城市。當阿標得知聖齊即將前往美國時，孩子已經完成所有的申請、買好機票找好住處，幾乎像是出於禮儀告知一聲那樣地走了，自己、獨自一人、走得又快又遠。

「他出國以後，就沒再回來過了。」

阿標躺在我的床上，房間沒有開燈，我在他身旁想著：他大學也沒離家的話，就沒有住過宿舍。所以佑德口中那些大學生的把戲，聖齊通通不曾經歷。

故事結束，我告訴阿標：「我訂好了跨年那天的飯店，在１０１附近，一起去看煙火吧？」

「好。」阿標回答我：「我也沒有看過那裡的煙火。」

＊

１０１附近的那家飯店是佑德推薦的，他說：「姐，要是你預算夠的話，這家飯店評價很好，我爸媽之前來台北玩我有幫忙訂過，他們都很喜歡。」

「你很乖欸，還幫爸媽訂飯店。」

「還好啦，不然他們從南部來，也不知道要住哪裡。」

我撥打網頁上的電話，得知連假期間，市中心飯店的價格相當驚人，而電話那頭甚至語帶高傲：「目前面１０１的房型都已經沒辦法預定了喔。」

儘管如此，我仍然是付下了一間雙人房的訂金。這是謊言的代價，我對自己說。看著網頁上的照片，我想像佑德父母難得從南部北上，走進照片裡的房間，眺望整座城市——在我的想像裡，如果我有兒子、像佑德這樣的兒子，我肯定也會相當感動。

最近公司上頭對於佑德也相當滿意，上次投訴被大學那邊的主任處理過了，沒有驚動公司。但前數日，佑德在近學期末的深夜裡，從隔壁大樓的屋頂邊緣，勸下了一位男大學生，沒人知道他怎麼做到的，但他完美遵照一切程序：迅速通報、即時勸導、有效安慰。警方抵達以前，學生已經成功回到房間了。

事後佑德受邀參與公司例會，「我只是值班的時候剛好看到監視器畫面才會發現啦，」他告訴會議中所有人：「不過這個學生後續的狀態追蹤可以交給我來負責。」管理層相當滿意，包含郭先生。會後人資單位請我協助打聽佑德的生涯規劃，如果他想從兼職轉正，可以直接和他們談。

在聽到這件事的同時，幾乎是出於直覺，我調出了那一日的班表。記錄上，佑德的值班地點是A棟，而不是他救下大學生的B棟。這孩子，在那天夜裡跑往B棟的原因又是什麼？

或許不過又是一次臨時支援，或許是與人調班但忘記更正班表。我可以問，可以故作沒事地問；但幾次值班下來，我都沒能把話給說出口。

佑德從來就懂事聽話、老實而且誠懇，還救下了一個準備自殺的學生，除了那次投訴，佑德在工作上幾乎沒有出過紕漏。就算他說了一個半大不小的謊，一個謊抵一條命，又怎麼了嗎？我問自己。

沒有什麼好在意，我告訴自己。

「你越操心，他們走得越遠。」阿標是這樣說的。

最後，我對佑德問出的句子是：「你有沒有想過轉成正職？隔壁棟有個櫃檯離職了，你可以跟人資談轉正。」要是轉正，他以後就會調去隔壁了。我告訴他正職的工作項目與薪資待遇，以及其他勞健保相關手續。他聽得仔細認真、躍躍欲試。最後他說：「但如果成功轉正了，跟姐一起值班的機會就少很多了誒。」

我笑了笑：「也不會啦，開會什麼的都會遇到。」

「那我再去跟人資聯絡。」他說。我點點頭，向他道賀。

*

佑德的新職務在農曆年後開始生效。在那之前，為了早點熟悉B棟環境還有相關職務，他把多數排班都調到了隔壁。隨著寒假開始，公司不急著補進新人，我自己值班的時間多了起來。

A、B兩棟大樓彼此相對，偶爾上班經過，隔著透亮的玻璃大門，我能看見佑德坐在櫃檯，與另一個當班的男孩談笑或者工作的樣子，他顯得幹練而熟悉，我總是有些難以相信，自己對他說謊的那個第一天，才不過是一學期以前的事情。

如果在建築裡頭的佑德看見了建築外頭的我，只要對上眼神，他會中止談話向我揮手，表情一如過去坐在我身旁，那樣地快樂。

一年的最後一天就這麼到了。

這一天早晨，我在床上睜眼，聽見身側的阿標打出響亮鼾聲。才想起我今天的行程安排，全是因為我那個從不存在的兒子——當佑德不在身邊，他似乎也沒有什麼存在的必要了。最近這一陣子，我已經很少想起他。他的臉、他的身世、他的童年，在這麼短的時間裡，已經變得有些模糊了。

我翻過身、拿起手機，找出聖齊的照片，看著他靦腆靈動的眼神，沒什麼道理地，滑下了一顆眼淚。

那顆淚隨著鼻樑落下臉頰，墜在枕間。阿標還在睡，他什麼也沒有發現。

今天我們兩人都沒有班，於是約好了：就睡到自然醒，吃過午飯再打發一陣時間，也許看看電視、也許再睡一場，等時間差不多了，去飯店check in、在周圍晃晃，總之，就是等待那場午夜的煙火。

要是我有一個即將返家的兒子，我們會用什麼方式來等待這場煙火？

我不曉得。與我一起來到現場的人，終究只是阿標。

我們不怎麼認真地做好了種種計畫，卻忘了想到人潮——四面八方的人潮與攤販，隨著天黑夜深，年輕的人們成群湧現，他們向彼此靠攏、大聲說話。商家放出電子音的流行歌，並且亮出閃燈看板，霓虹光線之下建築物似乎尤其高聳迫近。我想對阿標說：不如我們就回公寓吧。卻沒能真的把話給說出口。

人群之中，阿標沉默一如往常，但他眉頭緊皺，看上去困惑、疲憊，而且格格不入。在這樣的時刻，我想起距離公寓並不太遠的那條大河，以及一輛又一輛沉睡的公車。今晚的公車睡房，會不會比平常更安靜呢？

「餓不餓？」阿標突兀地開口：「我去買點吃的好了。」

他沒有等我回答，自顧自地朝著攤販的方向走去。我想對他說別走我不餓，想告訴他：不如我們回房間，等接近午夜再出門；或者也可以不要出門，看不到煙火也不會怎樣。這場行程不過就是起因於我一個又一個的謊。

我感覺語言塞滿自己，它們在體內膨脹、阻礙著彼此，導致我什麼也沒說，而才不過是這樣的一段猶豫，阿標已經走到我目光之外了。

環顧四周，處處都是孩子般的臉，他們歡笑時的嗓音高亢而不帶任何粗糲的質地。手拿各式各樣的零食，頭戴發光的裝飾，我已經與年輕人為伍一輩子了，卻只能感受到自己如何狠狠地被他們甩下。

阿標對我說過聖齊前往美國的那一天。他說聖齊行李簡便，除了平常的後背包之外，只托運了一箱中型行李。

「這樣東西夠嗎？」阿標問。

「有缺到那邊再買就可以了。」聖齊回答。

辦好登機手續，距離起飛還有一段時間，他們兩人肩並肩坐在旅客座位上。阿標心想，孩子終於大了，他的母親沒能來送一送他，總是有點可惜。他想或許該和聖齊聊一聊他的母親，自從十年前她離家以後，他們對她幾乎是閉口不談，但在最近，聖齊為了整理行李慢慢清出房間空位，他才發現兒子其實保留著一張三人合照。

他不知道聖齊怎麼想他的母親，他怪他嗎？是他在家的時間太少，是他不夠體貼，還是什麼原因才導致了她的離開？

但不管怎麼說，怎麼能夠一聲不吭地把家丟下？

或許自己也有錯，但阿標不是沒有怨懟，大概是因為這樣，至今他沒有辦法告訴他的兒子母親離開的原因。他也說不清楚的。

他們沉默地坐著，兒子吃著阿標特地買的機場便當，吃完後站起身，俐落地把盒子丟進機場旁的金屬垃圾桶。

聖齊露出笑容：「我吃飽了，謝謝爸。」那是飽足的微笑嗎？阿標不確定。

「要不要再帶一點零食上去？」

「不用了，等一下還有飛機餐。」

「那，」阿標頓了頓：「那現在，」

聖齊幾乎是馬上肯定了他父親的遲疑，他說：「現在我該走了。」

那是阿標與聖齊的最後一次見面。

在人來人往的馬路中央，我看見許多孩子席地而坐，有些人自備露營椅和野餐墊，有些人只是鋪了幾張報紙就打發了事。無論是聖齊還是我的兒子，都沒有機會成為他們的一分子。

「姐！」我抬頭，看見佑德的笑臉朝我奔來：「美怡姐！」他喊：「天啊好巧喔，你也來這裡跨年，你後來訂了我說的那家飯店嗎？」

大概是太久沒聽他說話，我有點反應不及。我什麼都還沒說，他的表情已經流露出擔心：「你還好吧？怎麼一個人？你是不是跟兒子一起來的？他人呢？」

「他，嗯，他去買東西。」這樣的夜晚，發出聲音不知怎麼顯得尤其困難。去買東西的人不是我的兒子，面對佑德，為什麼我總是在說謊？

這時佑德身後探出一張面孔，是隔壁棟櫃檯，我記得他，當佑德被投訴時，大學主任就是打電話給這位櫃檯查證——透過話筒，他的聲音冷漠，聽不出任何表情。

「啊，」佑德解釋：「我們一起來的。」

為什麼？我該要問。為什麼是他？

但是真的，今天晚上，說話對我來說難度實在太高了。我的喉頭瘦脹、鼻腔刺痛，幸好在這個時候，阿標回到了我的身邊。他手上拿著兩袋炸物，拍了拍我的肩膀：「人家都事先炸好了，」他說：「拿了就可以走，很方便。」

當我回頭看見了他，幾乎是本能的，我想訴說一切委屈，一切連我都不清楚為什麼的委屈。

「天啊姐！這是你老公嗎？」

佑德發問，而我卻沒有準備好這個時刻。我只是感受到：我不想再對他說謊了。手忙腳亂地，我對他說：「這是阿標。」

阿標點點頭，聽佑德自我介紹是我的同事，我想阿標肯定認了出來，他就是我說的那個，誤以為我有一個兒子的男孩。

「走吧。」阿標對我說。

「好。」我回答他，牽起他空著的那隻手。

和佑德告別，我們往飯店的方向走去，不為什麼地就是知道，事情該結束了。走沒多久我回過頭，看見佑德與那個櫃檯還是站在原地，他們看向彼此、對彼此說話，很突然地，佑德往那個男孩的嘴上啄了一下。那個男孩笑了——他的聲音面無表情，可是笑起來的時候，人群之中誰也無法忽視掉他。

*

我和阿標，回到房間，在寬敞的浴室清洗身體。我甚至在潔白透亮的浴缸裡泡了一場沉沉的澡。出來時阿標對我抱怨：「好久，食物都冷掉了。」

「抱歉。」我們坐在床緣，配著電視吃完了他買回來的兩袋鹹酥雞。阿標喜歡吃高油高熱量的食物，肚子上像是掛著一只麻袋。我伸手捏了捏，想著之後有機會得叫他減肥。

背景的電視音聽起來歡悅而遙遠，吃飽以後，我和阿標一齊躺下。

「這床好大啊。」他說。

「嗯。要在上面做嗎？」我問。

他的手伸了過來，拍撫著我的肩膀，摟了幾下：「今天先不要好了。」

「好。」這樣也好，我想。窗外傳來悶悶地爆破聲，那是煙火升空的聲音。我轉過身，面向阿標，伸出手後我們擁抱著彼此。

隔天清晨我們就離開房間了，距離退房時間甚至還有五個小時。

阿標是中午的車，我騎車送他回家。他坐在我的機車後座，雙手隨意地環過我的腰間，當機車開始移動，我感受到晨間的風吹起——那樣的風，跟夜晚又是不一樣的觸感了。

「你騎錯了，」才不過五分鐘，身後的阿標突然出聲：「不是這邊。」

「等等左轉切回去，走旁邊那條，直走，要轉彎我再跟你說。」

「喔。」我於是切回阿標說的那一條路，那是一條在高架底下的路，像是從宿舍大樓騎回我的公寓那條路一樣。路的一側是行道樹、一側是高架橋。因為是冬天、是清晨，路上落葉滾動、街邊所有商店都還沒開，很偶爾的時候，才有零星的汽機車穿過身旁，更多時候，路上只有我與阿標，還有散亂的傳單和塑膠空杯。

「怎麼這麼多垃圾？」我說。阿標沒有聽見，句子被風吃掉了，跟著廢棄物在街上流竄。然後我才很遲緩地意識到，這些垃圾是狂歡的剩餘，昨晚那些狂亂的人潮以及聲音，不經收拾地落在街邊，被清晨的風吹動，等待人們重新醒來。

「下一個路口記得待轉。」阿標說。

「好。」

原來如此，我想，原來新的一年，就是這樣誕生的。

附錄
雪莉的香水

雪莉人生裡第一瓶香水，是苦橙的味道。

帶有香氣的液體被裝在長型透明玻璃瓶裡頭，玻璃瓶上端是圓弧形狀，金屬噴頭立在中央，下方連接處覆蓋有一咖啡色緞帶，繫成一朵蝴蝶結。瓶身貼有外文標籤，標籤畫著動物圖騰，上方的字體以燙金印製，在光照之下，玻璃瓶身折射出光芒、燙金字體折射出光芒、銀色噴頭折射出光芒。於是雪莉從此就記下了：苦橙是一種能夠發光的味道。

這年雪莉剛滿十三歲，香水是從母親手裡接過來的。

當然這並不是母親特地為雪莉挑選香水，母親只是收到了禮物，看著雪莉喜歡，便轉送給她。

母親沒有把香水的事放在心上，於是也不會曉得，雪莉在國中那段歲月，都閃爍著苦橙的氣味。

剛拿到香水那一陣子，雪莉在自己的房裡偷偷練習。

她練習噴灑香水的部位還有按壓的次數，嘗試著把香水擦在耳下、胸口，以及雙手手腕；也曾經像電影演的那樣：把香水朝上，對著天空一按，再跨步踏進正好落下的香水雨中，細幼的水珠一觸碰到皮膚，水氣便已經消失了。

香水只會留下氣味。那些味道就藏在制服裡，於是班導師問起來的時候，雪莉睜大眼回答說：這是沐浴乳的味道啊。雪莉盡其所能地表現出無辜的樣子，儘管班導看上去並不相信雪莉——他應該就是沒有相信雪莉，所以才再翻查了她的書包。不過，玻璃瓶被雪莉留在家中，班導什麼都沒能找到。

不像飾品，在學校裡，誰也看不見雪莉的香水。

班裡有一群尤其熱衷打扮的女生，她們把頭髮染成偏紅偏棕或者其他的顏色，老師們責罵的時候，她們宣稱那是從小天生的髮色。當然不會有大人相信她們。於是班導面色鐵青，在女生們的聯絡簿上用紅筆寫下長串的字，雪莉不知道班導究竟寫了些什麼，她只是暗中觀察：在後來，有些女生的頭髮真的變回黑色，但仍有一些，她們在升旗時，在太陽底下，髮絲頑強地折射出不同的色光。而那確實是很漂亮的。

另外還有一些女生，她們守規矩，不染頭髮，不被寫聯絡簿，但雪莉不曉得為什麼，跟同樣守著規矩的自己相比，她們就是非常漂亮。

像是被大家喊作小美的那個女生。

「小美」的由來是因為那個女生總是跟陳冠吉走在一起。

陳冠吉，矮個子阿吉，是經常會在上課的時候頂撞老師的那種男生，可是同時他也把握住了某種分寸某種技巧，於是科任老師很少真的生氣，甚至會跟著同學們笑成一團——愛頂撞的陳冠吉，擅長製造出眾人彷彿感情很好、團結一心的錯覺。在班上，男生女生都喊陳冠吉阿吉。阿吉在國二第一次段考之後，座位跟小美被排在一起，坐到一起之後，兩個人開始說上話，開始一起走路回家。

所以「小美」的由來是，在蠟筆小新裡，阿吉跟小美是一對夫妻，住在小新家隔壁。小美的由來是同學在取笑她跟阿吉，取笑他們是一對，他們談戀愛。

不只同學們這樣起鬨，導師也約談了阿吉小美好幾次，他們的座位甚至在下一次段考以前就被排開了。沒有人知道班導跟他們說了些什麼，但他們似乎從來沒有到被寫聯絡簿的程度。他們只是一起說話、一起走路而已。

雪莉曾經透過母親的車窗，見過走在人行道上的阿吉與小美。

小美長得比阿吉還要高，高出許多。她身形瘦長，走路時兩手抓著書包背帶，稍稍低頭，似乎是很專心地聽著下方的阿吉說話。

紅燈轉綠，母親的車速一下就超過阿吉與小美。他們被拋擲在後方街區，一長一短的身影越縮越小。在收回目光以前，雪莉想：小美真是一個漂亮的女生，配矮個子阿吉實在太可惜了。

不知道是不是因為雪莉沒有掩飾住這樣的想法，矮個子阿吉才會對她充滿敵意，或者他只是單純挑上了她。反正等雪莉發現的時候，矮個子阿吉已經開始帶頭嘲笑雪莉了。

先是阿吉，再來是阿吉的男生朋友，再來幾乎是班上所有的男生。

他們很大聲地叫她。他們說：「欸蘇雪屁。」

他們也問：「你媽幹嘛要幫你取一個外國人的名字？Sheeeeelly！」

男生們在模仿的，是英文科任老師的口氣。

關於這點，有一點尷尬的是，有著外國人名字的雪莉，卻有著很差的英文成績。在英文課上，英文老師沒有問過就直接喊她Shelly，於是剛開始的時候，雪莉沒能反應過來，被叨念過好幾次。

英文科任老師是個不苟言笑的中年女人，中年女英文老師經常氣急敗壞地逼問雪莉，她說：「Ms. Shelly, do you understand me?」每當這個時候，雪莉只能摸摸鼻子，認命地回答：「No」然後中年女英文老師會再次糾正她：「It's "No, I don't."」雪莉於是複誦：「No, I don't.」同時在心底恨恨地想：「Shelly三小，understand三小。」

或許因為中年女老師太過不苟言笑的緣故，阿吉的魔法在她身上總是失效。有時候，阿吉會直接替雪莉回答中年女英文老師，他會說：「老師蘇雪屁英文很爛她聽不懂啦！」然後座位之間傳來笑聲。

不苟言笑的中年女老師頂著她的嚴肅臉把目光轉向阿吉，不苟言笑地說：「Mr. Jimmy, please behave yourself!」Jimmy是阿吉，這個雪莉是後來才知道的，剛開始的時候，她還真的沒有聽懂。

男生們在阿吉的帶領之下開始叫她雪屁，但日子也不是真的難過，畢竟有一些女生，她們會根據某種正義的準則替雪莉反擊回去。於是阿吉也有失敗的時候。

像是他曾經很想讓雪莉成為雪胖。在導師離開教室的午餐時間，他與他的朋友站在講台上對著全班大喊：「蘇雪莉大胖子，蘇、雪、胖！」雪莉坐在座位裡，面前是剛才打進碗裡的營養午餐，所有菜色滿滿當當。當時的她從餐碗中抬起頭，心想：他說得對，蘇雪莉實在是個大胖子。

讓雪莉比較意外的是，那一次，小美生氣了。

小美在一片笑聲中站起身，走到講台前，居高臨下地看著阿吉（阿吉即使站到了講台上，身高還是比不過小美）。

小美從上方看著阿吉，她對阿吉說：「你覺得，很好笑嗎？」

然後小美走回坐位，拿起她的碗，碗裡是沒被吃完的營養午餐，再走出了教室。隔著窗戶，雪莉看見小美把大部分的午餐倒進廚餘桶，再將餐碗放入回收桶中；而教室裡，眾人的談笑聲戛然靜止，有些同學小心翼翼地看向雪莉，阿吉跟他的朋友仍然停頓在講台中央。

雪莉用碗裡的番茄炒蛋把嘴塞滿，故意有點大聲地跟坐在旁邊的煒翔說：「我真的好餓，等下你的水果分我吃好不好？」坐在旁邊的煒翔笑了笑，他說：「靠你真的是很愛吃。」

雪莉和煒翔的笑聲彈跳一般地傳開，教室再一次活了起來。

班導回到教室，高喊著還沒吃完午餐的同學吃快一點要準備打掃了。

阿吉跟小美似乎冷戰了一陣子，又在不知不覺間就和好了，放學的背影仍然是一高一低，於是大家什麼都忘記了。整個二年甲班，大概只剩雪莉記得這一件事，因為是那樣的一次，雪莉才注意到，小美的午餐吃得好少。

「難怪她這麼瘦，」雪莉在獨處時想著：「但我總是很餓，沒有辦法。」

小美正義感突發的結果是：雪莉不能是雪胖，只能是雪屁。到後來，連女生們都不小心雪屁雪屁地喊起雪莉來了，她們聽起來沒什麼惡意，雪屁就像小美，只是一個綽號而已。

*

關於班導向雪莉問起香水的事，其實是個謎團，雪莉經常想，卻沒敢想通。畢竟，香氣是肉眼不見的，班導究竟要怎麼發現？

真要說起來的話，雪莉是個沒什麼約談價值的學生。除了英文，她其他科目的成績都在平均上下，沒染頭髮、不改制服，連腳上的襪子都是在學校福利社裡買到的，完全是最符合規定的長度。雪莉不早熟，也不漂亮，母親總是開車來接她放學，所以理所當然沒能跟誰談上戀愛，沒能跟誰走路回家。

就算提到體重，雪莉的數字仍然是不高不低地落在標準體重的區間之中，不到健康檢查時會引起關注的程度——只是標準的體重看起來就會是個胖子，只是這樣而已。

是因為她的苦橙香水，雪莉在國二那年第一次進到導師辦公室。

班導也不是真的湊到雪莉身上聞味道，他只是稍微前傾、稍微靠近。整間大辦公室裡還有其他教師，在各自的辦公桌前忙碌或者休息。雪莉的班導神色鎮定，坐在皮質的旋轉椅上，而雪莉在一旁站著，想不透自己究竟是因為什麼事情被叫來這裡。

正因為雪莉站著，於是班導從座椅上旋轉了九十度以後，他的臉，便正對站著的雪莉的胸部；於是看起來，坐著的班導就是朝著雪莉的胸部稍微前傾、稍微靠近，朝著雪莉的胸部嗅嗅聞聞個不停。至少在那個時刻裡，雪莉是這樣以為的。

雪莉最近正巧換上發育型胸罩，胸口被一圈鋼圈束起。

班導不發一語地聞了聞，再聞了聞，接著抬起頭，在雪莉沒來得及回神，還不確定幹嘛的時候，班導用晨間訓話的口吻詢問雪莉：「你是不是偷擦香水？擦香水違反校規你知不知道？」

香水的事，雪莉只跟一個人說過。

因為雪莉向來知道份際，謹記阿吉說過的，醜人不要多做怪，於是雪莉知道香水的事不能傳出去，不能讓男生們知道，照他們的邏輯，雪屁大概是不能噴香水的。

煒翔不算那些男生，所以雪莉告訴煒翔。

煒翔是雪莉在班上最要好的朋友，在開學第一天，煒翔向雪莉搭話，他們就要好起來了。沒有什麼原因，事情就是這樣。

開學在九月，悶熱的九月。因為制服還沒發下來，剛進入一年甲班的男生女生們穿著各自的便服。那天的雪莉穿著一件灰色棉質上衣。那天入學的新生被叫到操場聽校長訓話，再依照班級帶開，聽教官訓話。因為天氣悶熱，那天的雪莉流了很多汗——她能感覺背部濡濕，知道自己的汗已經浸透衣服，但教官的話還沒有說完。

教官教導甲班的新生們稍息立正的姿勢，教導他們中央伍為準。教官來來回回口令不停：「立正、稍息、立正、中央伍為準——！」一年甲班就這樣，在教官的口令與哨聲中反覆地稍息立正中央伍為準。

那時的雪莉站在女生的最後一排，後面接著是男生的第一排。雪莉正巧站在中央伍當中。教官說，中央伍為準的意思是，大家要看著中央伍對齊。

教官還說了很多，但雪莉已經聽不進去，她幻想著自己濕透的背像是卡通那樣，刺滿了身後所有陌生男孩的視線。雪莉隱約聽見低低的笑聲，深信那是正對著自己而來。但是無論雪莉的背看上去如何，基於某種理由，新生們必須不斷地練習稍息以及立正，一直到有個女生在隊伍之中突然蹲下，臉上毫無血色，眼看就要昏倒，才終於中止一切。

後來的雪莉會認識到，那個因為支撐不住而解救眾生的女生就是小美。至於雪莉，她這輩子是從來沒有昏倒過的。

教官與班導急忙把中暑的瘦弱女生送往保健室，剩下五十四個一年甲班的新生就這樣被晾在學校廣場。即使教官交代不准解散，幾分鐘過去，仍然有些比較大膽的同學脫離隊伍，擅自走到樹蔭下，男男女女閒聊了起來，一點都不像是第一天認識的樣子。可惜雪莉不是個大膽的人，她站在原地，感覺到脖子的汗水滑入上衣。

煒翔是在這樣的一個時刻跟雪莉搭話的。

煒翔站在男生的第一排，是接著雪莉的下一個中央伍。煒翔點了點雪莉的肩膀，對她說：「誒同學，你流了好多汗喔。」

雪莉回頭，看見矮小、白皙的煒翔，還不知道要接什麼話的時候，煒翔突然又笑了起來，他說：「而且你的汗啊，是翅膀的形狀。」他伸出兩隻手，在雪莉的肩胛骨位置，比劃出翅膀的樣子：「很像衣服本來的設計欸，好酷。」

雪莉還是不知道要說什麼，但那次以後，她跟煒翔就是朋友了。午餐時候，煒翔會端著碗坐到她的旁邊，和她一起吃飯。雪莉在煒翔身上發現的第一件事情，是煒翔擁有不容易流汗的體質，讓雪莉相當羨慕。

白皙、不容易流汗的煒翔，在一年級的時候，也跟阿吉一樣，是很小個的男生。當時的他還得抬頭才能與雪莉對視，可是到了二年級，煒翔的身板突然抽長，常常抱怨膝蓋疼痛。很快，他便長成高出雪莉數公分的身高，而且顯然在未來，還會再持續地生長。

於是班上的矮個子男生只剩下阿吉一個。

從一年級到二年級，即使雪莉跟煒翔經常待在一塊，也沒有人會幫他們取上什麼夫妻的綽號，導師從來沒有約談過雪莉與煒翔。這大概是因為，大家很直覺地知道，女胖子跟娘炮，他們玩不出什麼把戲。

煒翔是娘炮，這是大家默認的一件事，但最好不要當著他的面提起。

阿吉對雪莉的敵意有時會莫名波及到煒翔身上，又或者，雪莉偷偷地想，其實也沒有那麼莫名，畢竟在煒翔突然長高以前，阿吉可能認為他們是彼此的夥伴。男矮子陣線聯盟，之類的。

總之，阿吉有時候就是管不住嘴巴，他應該也不是真的想要怎麼樣——至少雪莉是這樣以為，她總是不真的感受得到阿吉的惡意。這或許因為，在雪莉眼中，阿吉終究只是個配不上小美的矮子，於是對他便也帶有一點憐憫的成分。但反正那一次，阿吉在體育課結束後某個沒有大人的場合，當著全班的面，叫了煒翔一聲娘炮。

雪莉沒有料想到煒翔會這樣生氣，他咆哮了一聲撲向阿吉，雪莉就站在旁邊，親眼看見阿吉的後腦勺撞上操場紅土，發出鈍鈍的聲音。

在煒翔狂吼著一些「幹伶娘你他媽再說一次試看看」之類句子的同時，阿吉也揮舞著雙手大罵「幹伶娘你他媽在衝三小」之類的句子。兩個男生很快扭成一團。雪莉第一次認識到，男生要打架，還真不需要什麼理由。

混亂很快就擴大了。

甲班的同學們以正糾纏的阿吉煒翔為核心，繞出一個大圈，大家默契極佳地讓圈子足夠他們兩人在裡頭扭打，卻不會撞上任何人。有些男生不知為何歡騰鼓譟了起來；同時也有些女生，高聲嚷嚷著「不要打了不要打了你們再打我要去告老師了」或什麼的。聲音太多，雪莉其實聽得不太清楚。

雪莉沒有歡呼，也沒有勸阻。沒有同學發現雪莉愣在原地，像是看著，又像在沉思。阿吉那一聲娘炮終於是揭開了她一直沒留意到的什麼。

原來煒翔是一位娘炮。

當然，雪莉擁有足夠的教養，讓她足以辨別娘炮是個不好的字。但在她的心底，她想：或許阿吉沒有說錯，煒翔確實是個娘炮。或者有其他什麼比較好的字嗎？煒翔確實跟其他男生不一樣。

比娘炮更好的字，是什麼呢？站著、愣著的雪莉，心裡大約在想的，是這件事。

而事情結束得跟開始一樣突然。某個站得比較外圍的同學突然用壓過所有人的音量喊：「老師要過來了！」然後所有人就散開了，原本扭打得正激昂的煒翔和阿吉，也老老實實地放開彼此，從紅土上站起，拍一拍身子。

後來，所有人都知道了，不可以叫煒翔娘炮。

但，雪莉想：所有人也都知道了吧，煒翔確實是個娘炮。

過去的雪莉肯定也是知道的，否則她不會告訴煒翔香水的事。過去的雪莉只是，只是，其實她也不知道自己過去到底是怎樣。反正，現在的雪莉不敢想的是，班導為什麼會向她詢問香水的事？究竟是班導，或者別人，察覺到她身上的氣味並不尋常；還是她最要好的朋友，在班導的面前，說出了她的祕密？

*

後來，雪莉的二年級結束了。

進入新學年以前的暑假，閒著沒事的雪莉偶爾跟著母親一起上班。母親讓她坐在辦公室中沒人使用的隔間裡，用沒人使用的電腦。在那些白日，雪莉偶爾打開史萊姆遊戲網，打一些小遊戲。

遊戲網站有各種分類的遊戲，雖然不是特別喜歡，但雪莉最常玩裝扮類的遊戲。這類遊戲，大抵是，在一開始由電腦隨機抽出某一情境，像是：「要跟好朋友去逛街了！」、「約會快遲到該怎麼辦？」、「今天跟哥哥一起吃飯！」等等。在確定情境過後，螢幕畫面跳出一位僅著內衣褲的動畫少女，少女身處於一繽紛燦爛的動畫房間之中，房間的四面八方被不同類別的選單所圍繞，那些選單分別包含了由動畫畫成的髮型、化妝品、衣服款式以及配件，全都任由雪莉一一選擇。

在瀏覽過物件以後，雪莉能夠以游標勾選出最合於情境的那一個選項。在滑鼠按下的同時，動畫少女的對應部位會出現動畫金光，金光閃現，並且褪去，褪去以後，那些化妝品的顏色，或者服裝配飾，便神奇地轉移到動畫少女身上。於是少女的內衣褲逐漸被洋裝、小外套、手提包、項鍊與耳環所覆蓋，甚至連眼皮上的顏色都有七種選擇。

雪莉在螢幕之外，操控著滑鼠把螢幕中的少女裝扮好，按下送出。送出以後畫面轉跳成為少女赴約的場景，在餐廳、公園或者電影院裡，少女遇見了約會對象以後，他們便針對少女的裝扮進行綜合評分，還會附上一句短語。像是在「今天跟哥哥一起吃飯！」那一局，雪莉看見螢幕中動畫哥哥的上方浮出白色對話框：「哥哥覺得你可愛極了，買冰淇淋請你吃！」動畫少女笑逐顏開，與此同時，螢幕左上方漂浮著以粉紅色字體寫成的，「91分」。

在挑戰「今天跟哥哥一起吃飯！」那次，雪莉忘記把辦公室電腦的聲音切掉，於是在充斥著打字聲的辦公室中，突然迴盪起男子聲音：「か—わ—い—い——！」事後雪莉被母親狠狠地訓了一頓。

雪莉跟煒翔說起這個故事，煒翔笑個不停，他在雪莉家的餐桌上模仿著喊：「卡—哇—依——」

煒翔不像阿吉，他不怎麼大聲喊叫，即使身處嬉鬧玩樂的情景，仍然是沉著且輕聲細語的樣子。

餐桌上擺著煒翔與雪莉的暑假作業，這個週末，煒翔前來拜訪雪莉，說要一同完成功課。煒翔抵達的時候，是母親替煒翔開的門。母親從來不曾攔阻雪莉與煒翔交好，雪莉告訴過母親煒翔被稱作娘炮的故事，母親聽完以後皺起眉頭，她對雪莉說：「不可以這樣講話，知道嗎？」而每當母親想要提起煒翔，她會說他是「你那個皮膚很白的男生朋友」。

寫完作業後，煒翔來到雪莉的房間，他張望四周，看見雪莉的香水。

在二年級過完的夏天，苦橙香水被雪莉用得只剩下四分之一瓶，瓶身上綴帶已經褪色，蝴蝶結因為反覆鬆開又反覆繫上，顯得疲軟而奄奄一息。瓶中的液體顏色轉深，不再是原本華美的樣子。但是香氣不曾變質，雪莉仍然珍愛著她的香水。

在雪莉房中，煒翔稍稍彎腰，平視著櫃上的香水瓶。

他問雪莉：「我可以噴噴看嗎？」

雪莉回答煒翔：「只噴一下的話，好吧。」

其實雪莉想要回答不行，因為她的香水只剩下四分之一。在發現這件事情以後，雪莉總是使用得小心翼翼：一天最多只壓一下，就噴在後頸，當雪莉的頭髮蓋下以後，那股苦橙氣味便只有雪莉自己能夠聞見。

可是煒翔是雪莉在班上最要好的朋友，所以雪莉很勉強地同意分享。

得到雪莉許可之後，煒翔伸出左手手腕，把香水噴上。然後他將手腕湊向鼻間，輕揚起下巴，眼睛微閉，安靜地嗅聞，與此同時，他的右手仍然握著她的香水瓶。瓶身標籤上的圖案早已模糊，可是透明玻璃與金屬噴頭讓煒翔的手肘看上去彷彿又更白了一點，他的膚色幾乎就要變得像玻璃一樣透明。

煒翔的動作輕巧、優雅，一氣呵成。雪莉的耳邊響起阿吉的聲音，矮個子阿吉，他在炎熱、躁動的操場上，對著不會流汗的煒翔說：「你這個娘炮。」而此刻，雪莉在自己的房間裡，在空氣中聞見了熟悉的苦橙味道。她想她的朋友煒翔，他是一個很美、很美的娘炮。

雪莉想：就算真的是煒翔把香水的事情告訴班導，也沒關係。就算真的是這樣，她也願意原諒他。

＊

暑假過去以後，雪莉發現，變成三年甲班的他們，有一些事情不一樣了。最明顯的一件事情，是煒翔不再把雪莉當成最好的朋友。他並不是突然停止與雪莉的一切互動，而是慢慢地、慢慢地，跟別人要好了起來。

而煒翔最新的最好的朋友，不知道為什麼，竟然是阿吉。

下課時煒翔不一定來到雪莉身邊了。他或許跟著阿吉，或許跟著男生們一起去福利社，也或許一起做些別的事情。煒翔與阿吉兩個人站著聊天，一長一短的，笑得很開心的樣子。到了午餐時間，雪莉有時就加入別的女生，學習模仿她們的話題，整體而言，氣氛幾乎就跟她與煒翔一起時一樣融洽。

像是一次，雪莉與小美，與另外兩個女生，她們把桌椅併到一起，兩兩對坐。小美坐在雪莉身旁，她的食量還是很小，像過去一樣早早就吃完午餐。在閒聊的過程中，小美漫不經心地靠到雪莉身上，雪莉一邊咀嚼著她的營養午餐，一邊拍了拍小美的頭。

然後小美說：「雪屁你身上有一股好好聞的味道。」

雪莉愣了一下，但最後終究是沒有再告訴誰香水的事。她的香水已經越來越少，眼看就要用完了。

國三的體育課、家政課或者音樂課經常會被主科教師們借去，要趕課或者檢討考卷。模擬考與段考來了又去，去了又來，雪莉慢慢不再有空閒去感傷她與煒翔莫名消逝的友情。班導後來再把雪莉叫到辦公室了一次，這一次是為了提醒雪莉，想上好高中的話，成績還需要再進步一點。

母親也詢問雪莉是否要參加額外的補習，雪莉拒絕了，於是母親仍然在她每天放學的時候，開車接她回家。

這天下雨，雪莉坐上了母親的車，在路口等著紅燈。

坐在副駕駛座裡，雪莉看見雨刷來回掃過前方的擋風玻璃，側面的車窗沒有雨刷，留在玻璃上的水珠不斷被新落下的雨滴洗過，拉成一條又一條長形水痕。隔著玻璃與水痕，窗外人行道上慢慢踩過三道身影，那三道身影各自撐著雨傘，緩緩地前進。

雪莉看不清楚傘下的人臉，但是看見他們穿著制服，看見那是兩個男生、一個女生；兩個高個、一個矮子。她認出那是小美與阿吉，與煒翔。從副駕駛座到人行道的這段距離，雪莉不應該能夠看見煒翔與小美低頭聽著阿吉說話的表情，但雪莉就是看見了，還看見他們三人像是一個移動的M，在傍晚的雨中並肩前行。

綠燈了，雪莉的眼淚無聲地落下來。

雪莉沒有發出聲音，她的母親一段時間過後才發現她正在哭泣，因為太過突然，於是嚇了一跳。母親很驚慌地，一邊踩著油門，一邊反手到後座撈衛生紙，一邊還放緩語氣詢問雪莉：「怎麼了？發生什麼事情了？」

雪莉不知道該怎麼跟母親解釋煒翔，或者小美與阿吉，畢竟關於他們很多事情，她至今仍想不明白。雪莉沉默地哭了一陣，終於在抵達家門以前，抽著鼻子告訴母親：「我的香水，我的香水快要用完了。」

母親幾乎笑了出來，又馬上體貼地收拾住表情。她很溫柔地告訴雪莉：「不要擔心，你先專心準備考試，等考完了，我再帶你去買一瓶。」雪莉知道，是大考在即，母親擁有比較多的包容。但雪莉沒有想過能再得到一瓶新的香水，也是有種意外賺到的快樂。

於是雪莉就專心準備考試了。

出乎所有人意料地，總是平庸的雪莉竟然考出了不平庸的好成績。班導很高興地告訴她：「這樣要上第一志願絕對沒有問題。」至於不苟言笑的英文女老師，她難得地把嘴角抿出一道弧度，對雪莉說：「Well done, Ms. Shelly.」

關於第一志願高中，雪莉沒有什麼期待。那是一間女校，雪莉唯一能想像到的事，就是她在未來的高中生活裡，再也不會遇到煒翔或者阿吉了。

在大考結束、國中畢業以前，三年甲班重新拿回了他們的體育課。在籃球場上，煒翔與阿吉組成一隊，和其他男生們打著籃球。阿吉擅長運動是甲班同學早就知道的事，可是他們沒有想到，幾乎不流汗的煒翔，竟然也能讓一顆籃球如此聽話。或許跟他的身高有關？到了三年級的煒翔，已經是班上長得最高的男生了。

有些女生，她們站在籃球場的旁邊看著，有人悄悄地說：「沒想到煒翔打球的時候看起來還蠻帥的。」有人偷偷地回答：「阿吉才帥吧，我比較喜歡阿吉這種。」然後是低低的竊笑聲。站在最後的雪莉聽得一頭霧水、莫名其妙。

她在過去，從來不曾感覺到誰是帥的。於是在畢業前夕體育課上的雪莉，站在籃球場外圍，默默地思考，帥到底是什麼意思。

她將要從此分別的、前任的、最好的朋友，煒翔，是帥的嗎？

*

雪莉國中畢業那天，雪莉的母親實現了她的諾言。她帶著雪莉來到百貨公司，挑選一瓶新的香水。

在香氛櫃位上，所有香水被一字陳列，下方標有小卡，註明香水的名字、調性、氣味。讀了小卡，雪莉想：原來一瓶香水還會再分出前味、中味與後味。

前來招呼母親與雪莉的櫃姐把頭髮梳成包頭，繫有領巾，穿著窄裙，眼皮上方畫有淡淡閃光橘色。櫃姐胸前別著名牌：「Elene」。

Elene詢問雪莉平時喜歡怎麼樣的香調，雪莉答不上來，她不知道苦橙屬於什麼香調。母親於是請Elene推薦，只見Elene目光掃過整排香水，迅速從中取出五瓶香水，再逐一噴到五張試香紙上——每噴上一張，Elene便捏著那小小的卡紙在空中揮動幾下，然後遞給雪莉，說：「來，聞聞看這個。」Elene重複她的動作，重複了五次。

不知道什麼原因，Elene有點嚇到雪莉。因為不知道該怎麼應對，於是一句話也說不出口，雪莉沉默地嗅聞Elene遞給她的香水卡紙，再沉默地交還回去。

雪莉沒有想過，百貨公司裡有這樣多的香水。

她總是以為自己的苦橙香水是，怎麼說呢？是很獨特的，很珍稀的，是只屬於她自己的。但在見到了Elene以後，雪莉有點動搖了。或許不是這樣，或許一切都不是她以為的那樣。

Elene說：「只是試聞可能比較沒有感覺，要不要噴到身上試看看？」

母親說：「好啊，你就試看看吧。」

Elene隨手從五瓶香水中拿起一瓶，對著空氣按壓，被噴出的香水化成霧氣飄散在空中。在看見香水霧的瞬間，雪莉想起前一個暑假曾經玩過的小遊戲，她看見在動畫少女身上閃現的金光，向下落到自己的身上。

雪莉想：不知道此刻浮現在自己頭頂的分數，會是幾分？

寫在最後

1.

在這份書稿的作品初步完成以後，我陷入一場想不出書名的困境裡。考慮了幾個名字，都不滿意，於是帶有幾分自暴自棄意味地，我傳了訊息給母親，沒告訴她任何內容的情況下劈頭就問：「新書叫這個名字好嗎？」

幾分鐘後，母親回覆：「問了靈擺，說不好。」

隨後她嘗試為我的困境提供一些解決方法，她說：在睡前對自己的潛意識說話，看看當晚做了什麼夢，夢中的意象即是解答。

這叫孵夢，母親這樣說。

很明顯的，我的母親喜歡神秘學，是在某些時候連我也難以招架的程度。

那晚睡前，我跟男友而不是跟自己的潛意識說話，母親的建議我忘得相當乾脆。

然而夜裡確實有夢：夢中有我、有母親，我們兩人在車上，嘗試翻過山嶺的同時，還因為某些極其瑣碎的理由激烈地吵架。

夢中的母親說：「你再這樣跟我說話，等下山你就自己想辦法叫車回去。」

夢中的我回答：「不用等下山，你現在就可以讓我下車。」

回到現實後，完全無法記起我與母親夢中登山的原因，或者爭執的緣由。晨起刷牙，驚覺這竟然便是我孵出的夢，感覺一切都異常幽默。依據夢中意象，這份書稿該被命名為「不要吵架」。

姑且不管夢的設定是否合理（我沒事才不想爬山），我與母親於其中的互動卻異常真實。關於山中紛爭的後續是：母親放軟了態度，她說好啦不要啦、自己搭車很危險、你難道不知道媽媽說的都是氣話？而我得意洋洋——我當然知道她說氣話，事實是，就連夢中之我都知道，在我們無數次的爭執之中，她總是會先服軟示弱。

2.

從十六歲談了第一場戀愛開始，我在不同的階段換過幾次對象。遇過不假思索地將「孩子」放入待實現人生清單的人，也遇過堅決不生養的人。面對他們，我的問題一直是同一個，我總是想：能這麼確定的理由究竟是什麼呢？

有過一次對話，在喧鬧的夜市裡。兩人買了一大包鹹酥雞當成晚餐，吃得歡快狼狽時對方卻突然開口：「以後如果有了小孩，我們不能讓孩子吃鹹酥雞當晚餐。」

我直覺反問：「為什麼不行？」

他的表情像在質疑這怎麼會是個問題，我於是準備開始發表一些，鹹酥雞照護的是心靈健康等等道理，他又風風火火地開口：「喔還有，要是有了小孩，我們不可以讓他看到我們在爭論這些，父母在孩子面前要立場一致。」

出於對鹹酥雞的愛戴，我花了太多時間與他爭辯炸物作為晚餐是怎樣恰如其分，以至於在分開多年的今天，依舊耿耿於懷的是，當時的自己怎麼就不曾質問：從哪時候開始，「我們的孩子」成為共識？

又或者我也交往過比較嚴厲的一任。在愛情中我曾不要臉面地說出：「我們長這樣，要是有小孩的話，小孩會很好看吧？」

我不要臉面，而對方則不假辭色。他說：「這樣的想法讓我很不舒服，期待小孩複製自己的長相，是太自戀也太服從生物學的想法。」

他說得有其道理，我虛心受教，從此聽到林宥嘉的〈少女〉高呼「最好生一兩個孩子來複製我們的樣子」，便在心中機會教育：宥嘉，這樣太服從生物學了喔。

就算如此，當在路上見到相貌討喜的嬰孩，還是忍不住多看幾眼、忍不住想：喔，好可愛，長得這麼可愛，爸媽應該也會是好看的人吧。

3.

說回小說。我寫了五篇與生育有關的作品，因為從不知道什麼時候開始，「要不要生孩子」成為心頭上沒有答案的龐大問句。倘促如我面對這一件事，既無法像支持鹹酥雞當晚餐一樣懇切，也當不了生物學的逃兵。

當然還有時間——時間是籌碼，也是成本。這道題目只要答得晚了慢了，代價是艱辛，或選項的剝奪。

就我個人立場而言，我認為，寫小說的人幾乎是有義務的、該讓問題長成自身的形狀。於是儘管我放任自己最初的提問在小說中蔓衍，我都絕對無意，將小說視為尋找人生解答的手段——那既非小說的責任，小說也無能做到。或者，說得再更坦白一點：我自己都想不出答案，我的小說怎麼可能會想出來。

就算如此還是堅持書寫的理由，或許是非常薄弱的。只是文學總提醒我：存在本身便足以帶來可能——我為自己埋下的種子是，那個存在於綿延時間中、朝向未來開放的可能。

於是附錄〈雪莉的香水〉一篇，乍看與正輯中的五篇無涉；但若說前五篇是站在分歧之處上思考生育，那我私心想將附錄一篇視為一切的前身，那既是關於時間與生長、關於選擇與被選擇、關於自我指認，當然也關於女性如我，究竟是如何走到種種問題之前。

4.

關於這份書稿，還有個無關緊要的問題被我考慮了很久。那個問題是：到底要用問句還是肯定句來結束這份稿件呢？或許沒有人在乎，但我想，假設我有任何資格去總結自己的寫作，我願將這些作品的集合視為一本困惑之書。於是我情願完結在一個問號。

事情尚未開始，它或許發生，也或許不；我是無知的，對自己與對生命都感覺惶惑，但無論如何，流動總是持續著。

5.

事情終於來到最後。最後決定的書名，跟母親的靈擺沒有半點關係。回家時她問我：「你到底決定叫做什麼？」聽完回答以後，她笑著說：「蠻好的、蠻好的。」

這或許是她作為一位母親，最讓我看不透的地方——我追問她是否知曉何為「滿花」，她搖搖頭、聳聳肩，我於是費力解釋：Flore pleno是重瓣花的拉丁文學名，英文直譯就叫Full flower（滿花）。這類花種有性無育，只能扦插。

但相比於我的滔滔不絕，無論是植物學的典故還是文學意象的衍生，她彷彿不真的在乎，她說：「總之，我覺得這樣蠻好的。」明明對於作品內容毫無概念，是什麼東西讓她感覺蠻好的呢？我看不透她作為一位母親，如何面對自己總是憤怒的女兒，及其寫作。但當母親說蠻好的，我似乎也就得以相信，事情是好的。

以此回顧這一趟寫作，相比從前，不知為何感覺世界靜默了很多。獨自書寫的時候，我感到遼闊、同時也有些不安。於是那些在路途上聽我叨念的人們，也就顯得無比珍貴。

感謝我的家人（秀鳳、雅淳、致遠、家同），感謝摯友小魚。

感謝瓊如陪我討論、提供我最珍貴的意見，還有對作品的一點點底氣。

感謝博元一直以來的閱讀，還有在兩年前送給我一罐墨水。

感謝晨宇，除了對這份書稿擁有無盡的耐心之外，你還讓我想起夜間長而空曠的大路、溫暖的被窩，或者被雨聲叫醒的週末早晨，總之都是一些使我能夠安心寫作的什麼。

感謝閱讀至此的每一個人，我願意世界繼續靜默，而我繼續書寫。

2023.11
寫於深秋
2024.01
改於新春

國家圖書館出版品預行編目(CIP)資料

滿花/林文心著. -- 初版. -- 臺北市：遠流出版事業股份有限公司, 2024.01
面； 公分

ISBN 978-626-361-451-2(平裝)

863.57 112022435

滿花

作　　者｜林文心

副總編輯｜陳瓊如
校　　對｜魏秋綢、鄭博元、王晨宇
封面設計｜朱疋
內文排版｜宸遠彩藝工作室

發 行 人｜王榮文
出版發行｜遠流出版事業股份有限公司
地　　址｜104005台北市中山北路一段11號13樓
客服電話｜02-2571-0297
傳　　真｜02-2571-0197
郵　　撥｜0189456-1
著作權顧問｜蕭雄淋律師
初版一刷｜2024年02月01日
ISBN｜978-626-361-451-2
定　　價｜新台幣380元

YLib.com 遠流博識網
http://www.ylib.com
Email: ylib@ylib.com